JUMP j BOOKS
Dr.STONE
星の夢、地の歌
E=mc²
原作:稲垣理一郎 作画:Boichi 小説:森本市夫

CHARACTER
コハク
軽い身のこなしと高い経験値で男に引けを取らない武力の持ち主。その強さは村で一二を争う。
クロム
好奇心旺盛で賢く、まっすぐな性格。科学に魅せられて千空と共にその道を極めんと突き進む。
千空
科学大好きで豊富な知識を持つ少年。石神村の村長となり科学王国を率いる。口癖は「唆るぜ」。
E=mc

Dr.STONE ドクターストーン

STORY ストーリー

ある日突然、世界中の人類は不思議な光で石化してしまった。それから数千年後、高校生の千空と大樹は石化を破って復活する。ゼロから科学文明を築きあげて、人類を救おうとする二人。だが科学を拒む最強の高校生・司に、千空が殺されかけてしまう。

秘密裏に復活した千空は、大樹や杠と別れ、コハクに導かれて復活者の子孫たちの集落に辿りつく。司帝国に対抗するため、そして、文明を復興するため、科学王国の建設を決意した千空は、クロムやスイカらを仲間に引き入れる。そして、コハクの姉・ルリを救うべく、万能薬・サルファ剤を作るロードマップを作成する。

猫じゃらし粉のラーメンを利用してマンパワーを確保した千空。製鉄技術を復活させたり、発電機を作成するなど、次々に技術革新を行ううちに、サルファ剤の作成も大詰めを迎え、ルリの婚約をかけた御前試合も間近に迫りつつあった——。

JUMP j BOOKS

Dr.STONE 星の夢、地の歌

第1章　落ちこぼれ科学部　宇宙にゆく

講堂の演説台の上から、ダイコンがにょきっと生えてきた。

そんな光景が、入学式とかいう退屈な儀式に飽きて、横とおしゃべりしていたような連中を少しばかり驚かせた。もはや誰もが流し見程度で済ませていた壇上に、一斉に注目が集まる。新入生たちの認識は、ここにきてようやく現実に追いつくことができた。

今は広末(ひろすえ)高校のつまらない入学式の真っ最中。在校生代表のつまらない歓迎の辞が過ぎ去り、新入生総代の誓いの言葉というつまらないプログラムが始まる……はずだった。

だけど、どうも風向きが変わってきたみたいだ。

なんせ、どんなガリ勉くんかと思っていた新入生総代が、ダイコンのようなフォルムをしている。昔のパンクロッカーのように逆立ったパツキン。なぜか羽織っている白衣。ひと目見ただけで異端だとわかる装いだ。

それは高校デビューとしては赤点を割る勢いだけど、ウケ狙いとしては良(い)い線いっているし、それまで堅苦しいスーツ姿ばかり見せられてきた新入生からすれば満点に近い刺激物だった。いつしか彼らの目は、年相応の好奇心を宿しながら、自分たちの総代を務める少年の姿を追っていた。

　壇上の少年は心底めんどくさそうな表情を浮かべながら台の上にあるマイクを見つめている。手元にはこれみよがしに白い紙。おそらく学校側から渡されたカンペだろう、と大方の人間が見当をつけたところで、少年はその紙を演説台に無造作に放り出した。舞台脇で司会進行を務める先生が「あちゃー」という表情を浮かべる。

　どよめきが広がる講堂内に少年の声が響いた。

「……ま、どう考えてもイミフだわな。たった一人に全員を代表させて『誓いの言葉』なんて。全員が方位磁針（コンパス）みたいに同じとこ向く必要もねえってのによ。……あ？　んだよ、カンペまで出して。『ちゃんとやれ』？　あー、わかったよ。『誓いの言葉』ね……」

　少年は何の衒（てら）いも飾りもなく、夢のようなことを言い放った。

「宇宙に行く」

　どよめきすら、起こらなかった。

　宇宙行き。ロケット。ＮＡＳＡ。動画の中の夢物語。ダイコンをひっくり返せばロケットに見えるかもしれないけれど、そこらへんの新入生総代を逆さに振ってもこんな大それた発言は出てこないだろう。

学校法人
広末高等学校
入学

「すぐ行く。ソッコーで行く。以上、これが俺の『誓いの言葉』だ。この学校には科学部もあんだろ？　労働力（マンパワー）は足りてるわけだしな。……お前らはお前らで、好きにすればいい」

それだけ言うと、少年はさっさと壇上を降りていった。

これほど投げっぱなしで終わる『誓いの言葉』も珍しい。彼の姿が完全に消えてから、慌てたように拍手が起こったのもやむを得ないだろう。

それこそ宇宙空間に放り込まれたように、漠然とそこらを漂っていた新入生の意識は、おざなりな拍手の振動に合わせて次第にハッキリしてきた。

アイツは「お前ら」と言った。

この式の最中、新入生たちは何度となく「君たち」と呼ばれ続けていた。けどそんなどこの誰に向けたのかもわからない「君たち」と違って、彼の粗野で挑発的な「お前ら」は、面と向かって胸ぐらを鷲掴（わしづか）みにされたみたいに、新入生諸君の心に届いた。

なるほど、高校ともなると面白いヤツが出てくるもんだ。

新入生たちはまだ続く式なんてそっちのけで、少年のことを知りたがった。ほどなくして彼と同中だった生徒たちから、待望の情報がもたらされる。

アイツは中学生ながら自作のロケットを飛ばした宇宙少年。

アイツはマッドでクレイジーな不良博士。

アイツは入試の理科で一〇〇点満点中一五〇点を取ったラララ科学の子。

その少年、名を、石神千空(いしがみせんくう)といった。


……そして「面白いヤツ」の登場に浮かれる新入生たちが気づかなかったことが一つ。

千空が「科学部」の名前を出したとき、式場にいた何人かの在校生・教師たちは一様に苦い表情を浮かべていたのだった。


「千空――!!」

無遠慮な声が遠くから聞こえてくる。千空はぼんやりした意識のなかで、自分が高校の講堂で寝ていると錯覚していた。何かの作業に疲れ果て、倒れるようにして眠り込んだんだろう。でないとこの床の硬さは説明がつかない。

「おい、起きろって!! 飯の準備できてるぞ」

「うるせえぞ大樹(たいじゅ)……もっと静かに起こしやがれ」

体を激しく揺すられた千空は、幼なじみの名を呼んだ。このガサツな起こし方はあのデカブッに違いない。

「何寝ぼけてんだよ、お前」

怪訝（けげん）な声。千空が目を開く。そこにあった顔は、あのガサツなデカブツのものではなかった。いや、ガサツではあるかもしれないけど、とにかく大樹ではない。

千空の鼻を、二十一世紀の日本ではとうてい嗅げないような、強烈な緑の匂いがくすぐる。その香りで彼の意識は完全に覚醒した。

「……よお、クロム。飯食って、科学を始めっか」

千空がはるか昔と同じ不敵な笑みを浮かべる。

そうだった。ここはあの入学式から約三七〇〇年も後の未来。

そして彼が自らに課した使命は、人々が石化し文明が失われたこの世界に、再び科学の灯をともすこと。

土器の皿に盛った干し肉に塩をパラパラとふりかける。これは食塩泉という温泉を煮詰めて作った塩で、ここいらでは海塩よりもメジャーな塩分だ。あとはここにコショウでもあれば完璧だったけれど、あいにくそんな気の利いた調味料はこの石の世界には存在しな

かった。

人類（とツバメ）のみが一斉に石化する……。そんなファンタジーに両足どっぷり浸かりこんだ事件は、ご先祖さまたちが営々と積み重ねてきた文明と毎日の食卓を、悲しいかな石器時代のレベルにまで退行させていた。

あぐらをかいたクロムがゴクゴクと飲んでいるのは、近くで汲んできた山の天然水。お上品なテーブルマナーも時代の彼方に消し飛び、たいていの食べ物は手づかみでいきなりかぶりつくのが世の習いとなっている。

千空が目覚めたこの時代は、万事がこのようにワイルドで、シンプルで、そして嫌になるくらいタフだった。

千空が今頬張っている肉は、スーパーでグラム八十八円で売られていた安売り肉よりもはるかに硬く、容易に噛み切られるのを良しとしない。三七〇〇年もの間、人間の手を離れていた植物たちは役所の定めた区画区分を無視して奔放に生い茂り、コンクリートや鉄筋で覆われていた世界を、再び緑の昔に還してしまっていた。

そして……そのタフさは大自然さまに限った話でもなかった。

「今日もよ、あの発電機ってやつの話してくれよ、千空！」

同じ肉を難なく噛み切りながら、クロムが目を輝かせている。しかし、すっかり千空が操る『科学』の虜（とりこ）になってしまった彼の懇願を、別の声が遮った。

「それは困る。科学とやらの話はめっぽう難しい。それより昨日の続きを話してくれ。たしか学校（ガッコー）で入学式（ニューガクシキ）が終わって、そしてブカツとかいうので揉（も）めごとがあったんだろう？」

ちゃっかりと彼らの朝食に紛れ込んでいた金髪碧眼（へきがん）の少女・コハクが、猫のような好奇心を隠そうともせずにしなやかな体を乗り出した。

　この時代に目覚めた千空が出会った二人の『現代人』たち。単身鉱石を集めこの時代に科学の種火を生み出そうとしていたクロム。女ながら武勇に優れたコハク。

　方向は違えど、彼らはその持ち前のタフさで、コハクの姉・ルリの病気を治すために奔走し、今は千空の万能薬作成に協力している。

「割り込むなよ、コハク。お前は今日もルリの湯治（とうじ）の湯を汲みにいくんだろ」

「もちろんそのつもりだ。だからそのあとで構わない。私だってガラス工房の作業を手伝っているんだからな」

「一番役に立ってるのは力仕事のときだけどな。ガラス細工には向いてねえ」

「……クロム、あまりこういうことを言いたくはないが、今君たちが食べてる肉、一体誰が獲（と）ってきたんだろうな？」

「さあな、村のゴリラが素手で仕留めてきたんじゃねえのいっってえ!!!」

ゴツンという音とともにクロムが頭を抱えて倒れ込む。おそらく村のゴリラに素手で仕留められたんだろう。

またはじまりやがった、とはもはや千空も思わない。

千空が滞在する（といってもまだ入ったことはない）この村は、そもそもが人口四〇人程度の小さな集落だった。彼はそこを訪れた初の客で、その上石像から復活した過去の人間だというのだから、珍重されるのも無理はない。

中でもクロムは千空がもたらす『科学』という特大のおもちゃに夢中で、コハクたちは千空のいた過去の世界について聞きたがった。ここで「たち」と言ったのは他にも聴講希望者がいるからだ。

「スイカもガッコーの話が聞きたいんだよ！」

部屋の隅に置いてあったスイカ？の置物が元気な声をあげた。そのままコロコロと千空たちに近づいてきたかと思うと、置物の底部からぴょこんと手足が飛び出す。

「おお、スイカか。ハ！　クロム、これで二対一（ツーオンワン）だな」

スイカのかぶりものをした村の少女・スイカがコハクの加勢に参じたことにより大勢（たいせい）は決した。多数決の犠牲になったクロムはぶつくさと文句を言っている。

この朝も結局いつものパターンに落ち着いたわけだ。スイカが千空のところに寄りつくようになって以来、こうやってクロムが割を食うことが増え、千空も自分の時代のことを語ることが多くなった。今朝硬い床に毛皮を敷いただけの寝床を高校の講堂だと勘違いしたのも、昔を思い出す機会が増えたからかもしれない。

電灯なんてなく、太陽が沈むとできることが極端に限られるこの時代だ。就寝までの退屈な暗がりを昔話の薄明かりで照らすのは、千空としてもやぶさかではない。ただ一つ悩みがあるとするなら……

「で、千空、結局ガッコーとコーコーって何が違うんだよ？」

スイカの素朴な問いかけに、千空はため息をついた。両者の間に横たわる三七〇〇〇年分の溝はいかんともしがたい。また質問攻めにされる未来に思いを馳(は)せながら、彼はモグモグとタフな干し肉を噛み続けた。

三七〇〇〇年遡(さかのぼ)って、広末高校の春。

放課後、弛緩(しかん)した空気の一年生の教室で、不穏なつぶやきが発せられた。

「よっしゃ、乗っ取るか」

ぎょっとしたのはそのつぶやきの主から半径二席ほどにいた生徒たち。その中にたまたま居合わせた小川（おがわ）杠（ゆずりは）さんは、出来たてホヤホヤの友だちから肘（ひじ）でついとつつかれた。

「ねえ、杠……今の、石神くんだよね」

「そう……かも？」

「そうだったよ！　何⁉　乗っ取るって⁉」

この友だちは驚いている……というより面白がっている。たしかにあまり高校の教室では聞かない言葉だから仕方ないのかもしれない。しかもそれを発したのが先日の入学式で目立ちに目立ったあの千空なのだから。

「そりゃ……乗っ取るんだよ」

「何を⁉　高校生ってそんな乗っ取りとか乗っ取られとか……そんなだっけ⁉」

「あー、あれじゃない？　部活。今日からでしょ」

杠は苦笑いを浮かべながら千空のフォローに回った。すでに千空と同中だと知れ渡っている彼女は、何かと彼に絡んだ話題を振られることが多い。おかげで友だち作りには苦労していないけれど、千空という規格外の人物を説明するのはいつも一苦労だ。

「乗っ取るの⁉　乗っ取って宇宙に行っちゃうの⁉」

もうすでに中学で行った。しかも自分の人形ごと、とは言えない。愛想笑いを浮かべる杠の横で、我関せずとスマホをイジっていたもう一人の友だちが初めて声を上げた。

「だったらヤバいかもねー」

「ヤバいって？」と杠が首を傾ける。

「だって科学部でしょー？　センパイから聞いたんだけどー、あそこって……」

友だちの話を聞いた杠は「ワオ……」と小さな声を上げてから黙り込んだ。あまり良い情報ではなかったらしく、その表情には不安げな色が浮かんでいる。

（どうしよう）

杠と千空はただの同中ではない。知り合ったのこそ中学に入ってからだけど、それからはもう一人の友人とともに多くの行動を共にし、果てはロケット打ち上げという特大イベントにまで立ち会っている。その経験から彼女は千空の頭脳と人格を深く信頼してはいた。

それでも、心配は心配だ。千空が、に加えて、彼と衝突するかもしれない科学部の方も。下手にこじれれば、それこそ部室ごと宇宙に飛ばされる可能性もワンチャン万が一で存在するかもしれない。

こういうときに……、と杠は一人の人物を思い浮かべた。その瞬間、一際大きな影が教室の外を横切る。それを目にした杠は思わず大きな声を出してしまっていた。

「大樹くん!!」

「どうした！　杠ぁ!!」

ドガン！　とおよそ学校らしからぬ爆音とともに学ランを着た巨体が飛び込んできた。ドア付近にいた生徒たちが蜘蛛の子を散らすように逃げていく。大樹と呼ばれた少年は、周囲の様子など目に入らないかのように一目散に杠へと駆け寄った。

「何かあったのか!?」

「い、いやそんな大事じゃないよ！　ただちょっとお願いがあって……」

予想外に派手な登場をした友人に冷や汗を掻きながら、杠が事情を説明する。それを聞いた大木大樹……千空の幼なじみ兼親友は、その見た目通りの単純さを「わかった！」という大きな返事で証明すると、周囲に頭を下げて千空のあとを追った。

台風一過。

嵐が去ったあとの平穏の中、机の後ろに隠れていた友だちが「杠」と呼びかけてくる。

「あんたのとこの中学、濃いね」

「まあ……ね」

大樹の怪力によって変形したドアとそれをインスタにあげようとするもう一人の友だちを見ながら、杠はこれで本当に安心なのかどうか、また頭を悩ませることになるのだった。

「へーっ、液体燃料式だったのか！　液体酸素と……何使ってたんだ？」

千空の答えに嬌声で返したのは、横を歩くメガネをかけた少年だ。制服や靴の真新しさからすると新入生だろう。

広末高校実習棟に続く廊下には、新入生の部活解禁日ということもあって、多くの生徒が行き交っている。実習棟に押し込められた特別教室や部室に向かう生徒たち。メガネくんの言葉も、その活気を彩る一つの音色となっていた。

「ネットのローカル記事で見たときはビビったよ。同い年でロケット飛ばしたやつがいるって。それが同じ学校だもんな！　これは面白くなってきた！」

花岡山太と名乗った黒髪の彼は、拳を高く突き上げた。横の千空は聞いているのかいないのか、窓の外をじっと見つめている。

「科学バカが集いし学び舎。色とりどりの薬品とアルコールランプの火が照らす青春……。ああ、華やかな高校生活が俺たちを待ってる」

「1㎜も華やかな要素ねえがな。てか知らねえのか。この学校の科学部はな……」

「千空――!!」

千空の声に覆いかぶさるように聞き慣れた大声が迫ってくる。千空はこれ見よがしに耳を塞ぎながら後ろを振り向いた。向こうから大木大樹が鼻息荒く追いかけてきている。

「うるせえよデカブツ。こっちは実習棟だ。運動場じゃねえぞ」

「わかってる。科学部に行くんだろ」

大樹が二人に並んで歩き出す。山太が彼の巨体をおそるおそる見上げた。

「君も、入部希望者?」

「違うな。空気中で一番多い気体すら答えられない雑アタマだぞ、そいつは」

「ん? サンソじゃないのか?」

「え、すごいな。どうやって入試に受かったんだ……?」

「とにかく俺は科学部には入らん。だけど今日は一緒に行ってほしいと、さっき杠から頼まれたんだ」

「おありがてえ思いやりに涙がちょちょ切れるぜ」

一人納得した様子の千空を見て、山太が首を傾げた。

「? どういうことなんだ?」

「だからここの科学部はな……」

「科学部が、なんだって?」

再び遮られる千空の声。彼らの前にはまた別の男子学生が立っていた。いや、「立っていた」というよりは、「立ちはだかっていた」と評した方が事実に近い。彼は明らかにわざと三人の行く道を塞いでいて、おまけに挑発的な目線まで投げかけている。

おそらくは上級生だろう。背は大樹よりも低いものの、ガッシリした体型だ。今時珍しいくらいカッチカチにキメた茶髪と着崩した学ランが、彼の素性を物語っている。

「なあ、千空。この人思いっきり、不良っぽい」

何かにつけて素直な山太くんがぽろっと第一印象を口にした。そんな彼を「不良っぽい」くんが睨みつける。山太は慌てて口をつぐんだ。

「お前、科学部志望なんだろ？　センパイに対して言ってくれるじゃねえか、一年」

「先輩？　え、あなた、科学部の人なんですか？」

「そうだぜ。何か文句あんのか？」

「いやだってほら、そんな気合い入った髪の科学部員なんて見たことない……」

山太の発言で、その場にいた四人のうち三人が千空の頭髪を見つめた。

「あっ……その、千空……ごめん」

「謝んなよ」と特大クセ毛の千空が顔をしかめる。

「とにかく、だ。部長のお達しなんだ。石神千空、お前を入部させるわけにはいかねえ。あと横のメガネ。お前もたぶんダメだろうな。部室に入れるのはそこのデカいのだけだ」

「そんな、だってこの人、窒素のチの字も知らないのに」

「いや、俺は千空の付き添いだから、一人で入る気はないぞ」

何やらグダグダしながらも、状況は膠着(こうちゃく)してしまった。頑として立ち塞がるセンパイ。動くに動けない山太と大樹。ここで沈黙を破ったのは、千空の含み笑いだった。

「ククク、まあ聞いてた通りだな科学部。でも俺はもう入部届まで用意しちまってるんだ。無理矢理にでも、ここは通らせてもらうぜ」

千空がセンパイにだけ伝わるようにチラリと大樹を見た。視線の先にある巨体、その圧にセンパイが少し後ずさりする。

大樹自身はこのやり取りに気づいていない。気づいていたなら、「俺は暴力を振るったりしないぞ」とバカ正直に告白して、その圧力は無くなっていただろう。だからこそ千空はことさらに大樹の力を当てにした様子を見せなかった。

だけど千空の計算通りになったのはここまでだった。このまま押し切れるかと思った矢先、センパイはポケットからあるものを取り出した。

「メスシリンダーじゃないか」

山太が友人にするようにその名を呼びかける。

メスシリンダー。理科の実験などで使う、目盛りのついた細長いプラスチックの筒。だいぶ科学部らしいアイテムが出てきたけれど、それを手に持つセンパイはだいぶ科学部らしくない出で立ちなのが不穏さを呼んでいる。メスシリンダー内部では何かの液体が怪しげに揺れていた。

「何だと思う、このナイスな薬品？　…………『塩酸』だぜ」

「え……塩酸!!?」

　山太が驚きの声を上げた。

「なんか聞いたことあるような……」

　頭をひねる大樹に、山太がより深い驚きの声を上げた。

「君、ほんとに理科の入試受けた!?　実験室に置いてある、危ない薬品だよ！　間違って皮膚にかかるとやけどみたいになるし、あの量だともし飲んじゃったりしたら、死んじゃうかもしれない！」

「たとえば科学部に入部したら……ありうるかもな、そういう事故も。なあ、優等生」

　センパイがメスシリンダーのフタを引っこ抜き、筒をナイフのように揺らしながら、千空の目の前に突きつけた。山太は後ずさり、大樹は千空をかばおうと前に出ようとする。だけどここで大樹の動きを制したのも、千空の勝ち誇った笑いだった。

「ククク……近づけるかね。理科の優等生に」

「あ？」

「俺くらいになると見ればわかるんだよ、実験室に置いてある薬品くらい。しかも臭いまで嗅がせてくれるなんてな。断言していい。これは塩酸じゃねえ」

「な、ウソつくんじゃねえよ！」

「これ、お前が入れたのか？　どんな容器に入ってた？」

「どんなって……」

「入れたときの手順は？　濃度は？　何％だ？」

「し、知らねえよ。これは部長が……」

千空が悪魔のような顔でニヤリと笑った。

「……教えてやるよ。これは十酸化アホリウムっつう薬品だ。飲んだらやべーが、別に肌にかかっても無害だ。だけどな、一つだけ厄介な性質がある」

うって変わって真顔で語りはじめた千空。『塩酸』をおもちゃのように扱っていたセンパイが初めて、自分の手の中にある薬品を爆弾であるかのように見つめた。

「ど、どんな……？」

「外気に晒すとどんどん揮発して空気中に漂う。俺とお前はもうだいぶ吸い込んじまってるぜ。これを鼻から吸い込むと、鼻の中の粘膜に作用してそれを消しちまうんだ。鼻の粘膜には吸い込んだ空気のゴミやホコリをネバネバでからめとる働きがある。それが消えちまうと……」

「ね、粘膜が消えたくらいで俺がビビるかよ！」

センパイの威勢のいい震え声。だが次の発言で、その表情は凍りついた。

「鼻毛が死ぬほど生える」

「えっ」

「粘膜の浄化作用を補填するために鼻毛がすげえ勢いで育ち始める。粘液に頼れないなら数を増やせって戦法だな。剃っても抜いても生えてきて、明日の放課後にはお前のあだ名は『鼻毛太郎』になっちまってるだろうよ」

「う……あ……お、お前だって鼻毛太郎だぞ！」

「あ？　ナメんなよ。対処法くらい知ってるに決まってるだろうが」

「ど……どうするんだよ!?」

センパイは聞いてしまった。これだけは口に出してはいけないという言葉。ほとんど敗北宣言に等しい質問。

もちろん、千空は答えない。押し付けたメスシリンダーがプルプルと震えている。千空が勝ち誇った顔でニヤニヤしているのを見ると、センパイは観念したように頭を下げた。

「わ、悪かった。頼むから教えてくれ」

「……さっさと洗って薬品落とせ。鼻ン奥までジャブジャブやれよ。鼻から水飲むくらいの勢いでちょうどいい」

それを聞いたセンパイがはじかれたように廊下を駆け出した。おそらくトイレにでも向かったのだろう。同時に千空の後ろでずっと鼻を押さえていた大樹が声を上げた。

「せ、千空！　俺たちも鼻を……」

「全部ウソに決まってんだろ。デカブツ」

「なにぃ！　ウソなのかー!?」

後ろから一連のやり取りを眺めていた山太が呆(あき)れた声を出す。

「やっぱり。よくあんな口から出まかせが続くもんだ。塩酸が偽物だってのはどうやって見破ったんだ？」

「実際、刺激臭はしなかった。濃度が薄かっただけかもしれねえけどな。ま、そもそも薬品をメスシリンダーに入れるのだって相応の手順がいるんだ。連中が塩酸みたいな危険物使ってそんな危ない橋を渡るかよ」

「そっか。見ただけでわかるってのもさすがにブラフだよな？」

「ククク、どうだろうな。……さあ、門番も倒したし、冒険(クエスト)の続きといこうか」

千空が楽しげに肩を揺らす。三人の前には科学部の部室……第二実験室のドアが、まるでダンジョンの入り口であるかのように佇(たたず)んでいた。

「いや、それなんだけど千空、あんなこともあったし、また日を改めて……」

部室を前に山太が気弱な声を出す。実際問題、今の彼は腰が引けに引けていた。

無理もない。入部届片手にルンルンと教室を出たら、いきなりわけのわからない絡み方をされたのだ。一人なら今ごろ家路についているだろう。千空がいてくれてよかった。

だけどそんな頼れる道連れである千空は、山太の及び腰を全く無視して、さっさとドアを横にスライドさせた。そのままズンズンと中に入っていく。続いて大樹が、最後にどうしようもなくなった山太が慌てて大樹の袖をつかんで部室に侵入した。

「……え？」「やっぱりな……」

山太と千空の声が重なった。広末高校科学部の部室。そこでは信じられない声が、入ってきた新入生三人の耳を打った。

『ショーリューケン!!』

「うわ、上出るなー」

……キャラが、叫んでいた。学生たちが、格ゲーで対戦している。

いや、山太が備品のテレビに映った対空の昇竜拳に目を奪われたのは一瞬のこと。ジュ

ージューというこれまた信じられない音をたどると、一人の生徒がアルコールランプに網をかぶせて、コンビニの唐揚げを焼き直している。

視線を移すと、熱心に週刊少年ジャンプを読んでいる女子が目に入った。奥にいる一団はイヤホンをつけながら携帯ゲーム機のおそらくパーティプレイにいそしんでいる。窓際でスマホをいじりながらお喋(しゃべ)りをしていた連中は、急に入ってきた三人をポカンと見つめていた。

「自由じゃん！」

山太が魂からの叫びを上げた。科学部の部室では十人ばかりの生徒が思い思いに羽を伸ばしきっている。

「やっぱり水道あるじゃねーか。なんでアイツはどっかに走っていったんだよ」

千空が実験机に備え付けられた蛇口をひねる。

「そこなの!?　いや、不良のたまり場みたいなのを想像してたからちょっと拍子抜けしたけど、これは……」

「おい、『ナイス』はどうした？」

太い声が、実験室の最奥(さいおう)から響いた。

千空たちが目をやるとそこには、どこから持ち込んだのか、背もたれ付きの大きな椅子。

そこに白衣をまとった、岩のように大きな体躯が窮屈そうに収まっている。大きな顔に鋭い目つき。それまで賑やかだった部室が一瞬にして静まり返っている。

「……あのシミ……何かな？」

山太が千空に耳打ちする。男の白衣のソデには茶色いシミのようなものがついていた。

「さあな。ヘモグロビンが酸化して変色したんじゃねえのか」

「それってようするに血だろ！　ま、まさか……返り血？」

「もしくは焦げ跡か……遠目じゃちょいわかんねえけどな」

「火……タバコとか……根性焼き？」

山太が一歩後ずさりをする。だけど白衣を着た大男の眼差しが、三人に注がれることはなかった。彼はずっと、ラジコンのコントローラーのようなものを親指で操作しながら、そこに付いたモニターを眺めている。

「ナイスはどうしたって聞いてんだ」

「さっきそこで絡んできたバカのことか？　アイツならどっかに走ってったぜ」

王様のような風体が放つ圧など意に介さず、千空が飄々と答えた。

「走ってったのは『見てた』よ。あのバカは言いつけも守らず何をしてんだって話だ」

「教えてやろうか？　今ごろ大慌てで鼻から水飲んでるよ」

「チッ、大儀（タイギ）だな……」

古めかしい言葉で面倒くさがりながら、男は黙り込んだ。その太い指が手元のコントローラーを操る。するとギュイィィ――、という音がどこからか徐々に近づいてきた。

「あれ……」と窓の外を見た大樹が指を差した。

「ドローンだ」

Xの字のフォルムをした小型の飛行機械。四方に伸び切ったアームの先には高速回転するプロペラがついている。そんな高校生には過ぎたオモチャが、開け放した実験室の窓から春風とともに器用に滑り込んできた。

（『見てた』ってこういうことか）

山太が一人納得する。

「良（い）い腕じゃねえか。さっきも廊下から見かけたぜ。盗撮でもしてるのか？」

机の上に垂直に降りたドローンを見ながら千空が言った。

「花見だよ。上から見る桜ってのも乙なもんだぜ。ま、そのついでに地べたに映りゆくよしなし事ってヤツを見ちまうこともあるかもな」

「ククク……いい趣味してんじゃねえか」

「趣味ってよりは実益だよ。たまにスクープ映像が撮れたりな。人の弱みってのは握っといて損することはねえ」

「そうやって作ったのがこの治外法権か。俺も恩恵にあやかりたいもんだぜ」

「残念だがお前らはダメだ。入部要件を満たしてねえ」

「それは聞きましたけど……な、何ですか要件って？」

　山太がおそるおそる尋ねた。

「お前ら、申告しろ」

　男が首をふった。彼の呼びかけに応えるように一人の学生が大きく手を上げる。

「はい、小園部長！　オレ46！」

　はつらつとした謎のカミングアウト。それに促されるように次々と声が続いた。

「44！」「わたし45ー」「40！」「48だっけ」「45。志望校は58」「俺なんて40だぜ」「35」「すげー!!　お前また下がってんじゃん！」

「あ……あ……」

　数字の意味に気づいた山太がわなわなと震えだした。

「悲惨なオークション会場みたいになってんじゃねえか」

　千空は眉をひそめ、大樹は首を傾げている。

「わかったか？」

ドローンのアームを折りたたみながら、小園部長と呼ばれた男が絶望の宣告をする。

「偏差値50未満。それが入部の絶対条件だ。優等生ども」

「大樹、お前は？」と千空が水を向ける。

「俺は大丈夫だな！　たしかにじゅ」「逆に!!」

大樹の声を遮るように山太が叫んだ。

「逆に俺たちが入ればちゃんと活動できるじゃないですか！　こんな部室で遊んでばかりいないで、先生だっていつ来るかわからないのに……」

「わかってねえな……」

部長が初めて山太を睨みつけた。

「ウチは『活動』なんてしねーんだよ。猿ばっか集めて何ができるってんだ。落ちこぼれたちの怠惰の楽園。それが俺の作り上げた『科学部』だ」

「そんなの……ちゃんと勉強すれば」

「一度落ちこぼれたらもう追いつけねえよ。今の社会と同じだ。ベンキョーってのは積み重ねだろ？　一段目を積んでないヤツにどうして二段目が理解できるんだ。ここにいる奴らはもう取り返しがつかねえ。だったら何やっても同じさ」

「だからってこんな不良みたいな……」

「『不良』じゃねえ。『落ちこぼれ』だ。ヤニ吸ったり、カツアゲなんてくだらねえことはしねえ。俺たちは『何もしない』。だから問題になることもない。お前さっき『先生』って言ったよな？　ウチの部活の顧問が無給だって知ってたか？　ゆするまでもなかったぜ。無干渉はすでにできあがってんだ。ここは永遠の凪の中。何の役にも立たねえ受験勉強、クソ垂れ流すだけの授業、そんなのとは無縁の無風地帯なんだよ」

周りの部員たちがうんうんと満足げに頷く。山太は拳をギュッと握りしめた。理屈ならいくらでも言い返せるかもしれない。だけどいくら『正しい』言葉を並べても、この部員たちには届かない気がした。

「……ま、少し言い過ぎたかもな。何も躍起になって追い返すこともねえか」

「え？」

部長の優しい声色。突然の翻意に山太の拳が緩んだ。

「喉が渇いた。飲みもん持ってこい」

山太の口が、開きっぱなしになる。

「炭酸なら何でもいいぜ。どうした？　自販機の場所がわからねえのか？　新入部員」

「誰が……」

「掃除当番と同じだよ。どうせ俺たちは世の中から頭ごなしにババを引かされるようにな

ってんだ。それに新入りってのはどこだろうと割を食う。だったら今のうちに……」

「誰が行くもんか!!」

壁を叩(たた)いて叫ぶ山太を、部長はニヤニヤと見つめている。

もう話をすることもない。怒りに任せて実験室を出ようとした山太の腕を、しかし、強く掴んだ手があった。白く伸びた腕。白衣を着たもう一人の男。石神千空だ。

「炭酸だろ？　いいぜ。新入りの俺たちが、わざわざ、しっかりと用意してやるよ。頼んだからには呑(の)まねえとは言わないよな、部長さん？」

千空は、活力に満ちた力強い瞳で、部室にいる全ての人間を見回した。


「あ、はい。ありがとうございます。いえ、あの、大丈夫です。それにあの、ちゃんと返しますんで。いえ……え!?　え、いやいや、そんな、返しますって。え、あの……あ、ありがとうございます!!」

山太と大樹がうやうやしく頭を下げる向こうで、家庭科室のドアがピシャリとしまった。はからずも廊下に追いやられる格好になった二人の手には、それぞれカラフルなプラスチックの袋が握られている。料理部の塩対応と引き換えに得たそれは、二人が実験室で千空から頼まれたお使いの成果だった。

「なあ、大樹くん、なあ」

とぼとぼと実験室に引き返しながら、山太が大樹に呼びかけた。

「さっきの千空、かっこよかったよな。あんな怖そうな人に向かっていってなあ」

「そうだな。千空はいつもあんな感じだぞ」

「でさでさ、俺たち、パシられそうになったところを、千空に助けてもらったんだよな」

「ああ、やっぱりアイツは良いヤツだ！」

「でさ、でさ、そのあと言われたんだよな。料理部に行って、これ借りて来いって。だから俺たち、今、こうして歩いてるんだよな」

山太が手の中の袋をもてあそぶ。大樹は「そうだな」と返事をした。

「これってさ、パシリじゃね？」

「ん？」

「人が替わっただけでさ、俺たち、結局パシらされてるんじゃないか？」

大樹が足を止めて考え込む。手の中の袋を見、山太の顔を見、彼の手の中の袋を見、そしてまた自分の袋を見た。

「いや、違うぞ」

「何で!?」

「千空は、親友だからな」

そう断言すると、彼はズンズンと歩みを進めた。

千空との付き合いが長い彼は、千空が実験で使う素材を何度も「お使い」してきている。

千空は決して無駄なことは頼まないし、用意してもらったモノで必ず何かすごいことをやる。そういう信頼が、重なる年月の中で、大樹の心に根を張っていた。

その事実を知らない山太くんはしばらく呆然（ぼうぜん）としていたけれど、「お前の方が良いヤツだよ……」と大きいため息をつくと早足で大樹のあとを追った。

「しかし、科学部ってほんとヘンな立ち位置なんだな。全然知らなかった」

並んで歩く山太のつぶやきに、大樹は首を傾げた。

「そうなのか？」

「料理部の人、名前出しただけで顔引きつってただろ。これだって返さなくていい、全部くれるって言ってたし」

山太が大樹の目の前で袋を揺らす。

「『クエン酸』。で、俺のが……」

大樹が袋にある文字を見つめて五秒ほど固まる。

「『ばキングそだ』」

「英語」

「さっぱりわからん!!」

「授業でやったりしなかったのか?」

「この英単語か？　うーむ……」

「いや、実験。理科の……科学の。結局もう、千空のペースってことだな」

山太は袋を握りしめながらニヤリと笑った。

「何馴染んでるんだよ……」

実験室に戻った山太は袋を握りつぶしながら肩を落とした。自分にお使いを頼んだ張本人が、自分と対立している部の連中と仲良く携帯ゲームに興じている。

「おー、帰ったか。準備はもうできてるぜ」

「全く……水は?」

「もう着くぜ。さすがに水道水はな」

千空がゲーム機を椅子の上に置くのと同時に、実験室のドアが開いた。

「うーっす。ナイスな水買ってきたぜ」

「げ」と山太が後ずさりする。現れたのは、先ほど彼らに『塩酸』を突きつけたナイスパ

イセンだ。心なしか鼻のあたりがほのかに赤みがかっている。

「お、何だよ。結局コイツらの入部許可したのか？」

「いや……てか、よくわかんねえことになってんだ。水サンキュ」

ナイス先輩から2リットルのペットボトルを受け取った部員が、それをそのまま千空に手渡す。千空はフタを外すと、その中身をあらかじめ置いてあった透明な三角フラスコに注いだ。事情を知らないナイス先輩は、その様子を怪訝そうに見つめていた。

「クエン酸」

千空が無造作に手を差し出した。山太が袋を手渡す。

「大樹、ベーキングソーダ」

千空がまた手を差し出す。だけど、呼びかけられた大樹は動かない。

「おい、どうしたんだよ、デカブツ」

頭をひねる大樹に、山太が助け舟を出した。

「大樹くん、『ばキングそだ』」

「おお、これか！」

大樹が料理部から持ってきたもう一つの袋を千空に渡した。

「ああ……まあいいや」

長年連れ添った夫婦のような諦観（ていかん）を表情に滲（にじ）ませながら、千空はクエン酸を水の中にぶち込んだ。そしてその白い結晶をガラス製のマドラー・かくはん棒で混ぜていく。

「クエン酸って聞いたことあるな」と部員の一人がつぶやいた。

「わたし料理部だから知ってるよ。体に良いけどすっぱいジュースが作れるやつ！」

「え？　料理部さっき普通に活動してましたよ。新歓でクッキー焼いてましたよ」

山太がマジレスする間に、千空がもう一つの袋を手に取った。ベーキングソーダ。ステンレスの軽量スプーンにのった雪のように細かい粒子が水の中に投入される。

「お料理や掃除に大活躍なベーキングソーダ。またの名を重曹。しかしてその正体は……炭酸水素ナトリウム」

千空の呪文のようなつぶやきに呼応するように、フラスコ内に猛烈な変化が起こった。泡。泡。まるで中で誰かが溺れてるんじゃないかってくらいの激しい気泡が、透明の水中からどんどんと生み出されていく。

「え？　え？」

部員たちは驚きの声をあげながら、その劇的な反応をかぶりつきで見ていた。

「これ、内側についてるの、さっきの溶け残り……じゃないよね」

「泡みたいだな。めっちゃいっぱいついてる。やばそう……」

フラスコを恐ろしげに見つめる部員たちに千空が声をかける。

「飲んでみろ。毒はねえよ」

お墨付きは得たけれど、部員たちはまだ不安そうだ。何度かの目配せの結果、フラスコを手に取ったのはナイス先輩だった。

「イッキ！　イッキ！　……どうだった？　何か言えよ」

おそるおそる口をつけたナイス先輩が、目を見開いたまま棒立ちになる。

「……シュワァー」

「わっかんねー」

「いや、ナイスに炭酸だこれ。味しねえけど」

マジか、と隣にいた部員がフラスコを奪い取る。

「うわ、マジだ。シュワるシュワる。すげー」

急に実験室中が騒がしくなった。部員たちが即席の炭酸に殺到していく。そんな連中を尻目に千空が実験室を横切り、奥に鎮座する部長の前に立って、フラスコを突きつけた。

「ほらよ。パシられてやったぜ」

部長は無言でそのフラスコを受け取ると、無感情に中身を口に含んだ。

「……ヌルい。味がねえ。よくこんなものを先輩に出せたもんだな」

「ワリイな。『炭酸なら何でも』ってリクエストだったもんで」

千空の涼しげな表情に部長が大きな舌打ちをして言う。

「うまくあののび太みたいなヤツを助けたもんだ。まるでドラえもんだな」

「ククク、嬉(うれ)しいあだ名をつけてくれるじゃねえか。なあ、ジャイアン」

「お前が科学部に入っても、何もできることはねえぞ」

部長が怒気を孕(はら)んだ瞳で千空をにらみつけた。

「この世で一番楽なことが何か知ってるか？　それは『何もしない』ってことだ。ここの連中はそれがわかりきっている。タダでジュース飲ませたくらいじゃあ、誰もお前のために動いたりしねえ」

「そいつは困ったな。ロケットを作るには労働力(マンパワー)が必要なんだ。科学部が仲間にならなきゃ、俺のロケット大作戦が成立しなくなっちまうじゃねえか。しゃあねえ、だったら……」

千空が部長に顔を近づけて、口角を吊(つ)りあげた。

「乗っ取ってやるよ、科学部」

「……」

「この世で一番楽しいことが何か知ってるか？　理科のお勉強よりもクッソ楽しい科学を見せて、ベンキョー嫌いのお前らを科学大好きっ子に洗脳してやるよ」

PHILOSOPHIAE
NATURALIS
On the

「……やってみろ、青ダヌキ」

突然の乗っ取り宣言に、さっきまで味のしないソーダにはしゃいでいた部員たちも、必死に化学式を並べて説明していた山太も、驚いた様子を見せている。

降って湧いた強烈な泡立ち。そういう意味では、先の化学反応も、千空のこの大見得もそう違わないかもしれない。だとすればこの反応は、激しいだけですぐに消えてしまう泡沫の夢なのか。もしくは、千空が科学部にいつまでも作用し続ける触媒たりうるのか。それはまだ誰にもわからなかった。

「じゃあよ、お前に答えが出せんのかよ、科学マン」

先輩の挑戦的な声が、科学部の部室に響く。

「同じ値段のこの二つの商品、俺はどっちを買うべきだ？」

「武器」と千空がやけに物騒な答えを口にした。

「何で即答できんだよ！　武器も防具も、どっちも同じ4ステ上昇だぞ！」

「ダメージ計算式考えろよ。攻撃力が4上がったらダメージは2増えるけど、防御力が4上がっても、1ダメージ分しか軽減しねえじゃねえか。武器のがコスパがいい」

千空が簡単な数式を口にすると、部員はしばらく考えたのちに感嘆の声をもらした。

「マジだ……すげえな……科学」

「それ、科学じゃないですよ。算数ですよ」

山太の冷めたツッコミが入る。

「ちなみに、防具によっちゃあ魔法ダメージ軽減とかしたりするから話は変わるぜ。その鎧は違うけどな」

「奥が深えなあ、科学！」

「それ、科学じゃないですよ。ドラクエですよ」

再び氷点下の言葉が投げかけられる。

「うるせーな一年！　ちゃんと温度見てるのかよ」

見てますよ、と言いながら山太はおたまに突っ込んだ温度計をクルクルと回した。さっきからずっと同じことを繰り返しているから、そろそろ手がダルくなってきている。

「だいぶ泡立ってきたな。そろそろじゃねえか？」

山太と同じ作業をしていた千空が手元を見ながら言った。アルコールランプの火にかざしたおたまの中では謎の液体がグツグツと煮えたぎっている。

泡立つ液体の様子を見ながら、おたまを火から下ろし、実験机の上に置かれたふきんの上にのっけた。液体の沸騰が収まるのを待って、白い粉末を加える。そして割り箸を使って再び中身を混ぜはじめた。

「さあて今回は……」

千空の声と同時に、執拗にかき混ぜられたドロドロのタネに変化が生じる。箸を抜いた瞬間、まるで早回しで焼き上がるお餅のように、タネが大きく膨らんだ。見る間に小麦色をしたふっくらお菓子がおたまの上に現れる。

「お、また成功。やるじゃねえか一年」

「しかし何度見てもおもしれえな。この勝手に膨らむの」

おたまの底をもう一度あぶって、できたお菓子を剥がし取り皿の上にのせる。用意された大皿の上には、そろそろ十分な量のカルメ焼きが揃いつつあった。

「すごいな二人とも。もうあんまり失敗しなくなったじゃないか」

早々に戦力外通告を受け、雑用に奔走していた大樹が千空と山太に声をかけた。

「まあね、言うてね、科学部だからね」

鼻を高くする山太。そのドヤ顔を踏み潰すように、隣の机から歓声が上がった。

「おー、キレー。表面全然割れてないし、色もすごいおいしそー」

「ユズちゃんほんと手先器用だねー」

そこでは小川杠さんが手を振りながら上級生たちに謙遜の言葉を述べていた。彼女の皿には、小麦色を超えて光り輝く黄金色のカルメ焼きが鎮座ましましている。

「なあ、小川さんの技術（テク）、どうなってんだ？　俺たちと違って温度計も使ってないのに、一回も失敗してないんだけど。材料物性（ぶっせい）的にありえない色と形に仕上がってるし」

「あいつの器用さはチートだからな。比べたってしゃあねえ」

山太に答えながら千空は楽しげに謎のボトルを取り出し、『炭酸』に中身を注いでいた。見る間に無色の炭酸水が青く染まっていく。

「うわ、何これ」

近くでダベっていた先輩がそれを見て驚きの声を上げた。

「スーパーで買った着色料と、あと適当な甘味料の千空ブレンドだ。これで味も見た目もちったあマトモになんだろ」

「ええ……？　見た目の時点ですごく体に悪そうなんだけど……。添加物だし……」

「問題ねえ。添加物っつーのは、全部エラーイ学者さまが死ぬほど実験して安全性が確認されたシロモノだ。『一日摂取許容量（ADI）』っつってな。ちゃんと数値が決まってる」

「へー……」

千空がコップの中身を次々に鮮やかな青に染めていく。先輩……料理部幽霊部員の彼女

はおしゃべりをやめて、その様子をじっと見ていた。

さて、飲み物ができ、お菓子が揃い、人は笑い、これで大体の準備は整った。部室にはいつもの倍ほどの人間が集まっている。放課後、科学部の新入生歓迎会……の名を借りた、いつも通りのだらけきった宴が始まる。

「千空汁めっちゃうめえし。お前らも飲んでみろし。色ヤバいけど」

「カルメ焼きもなかなかイケるぜ。ガキのころの屋台以来だな、この味」

「こんな簡単にできんだな。水と、砂糖と、重曹だもんな」

重曹。ようするに先日の炭酸事件で余ったベーキングソーダだ。返さなくていいという料理部の言葉を積極的に真に受けた部員たちの願望と、千空による使用法の提案で、今回の新歓カルメ焼き大会が催されることになった。

「千空の言った通り安上がりだし、すげー膨らむから材料少なくて済んだしな。てか何であんな膨らむんだ、千空?」

「炭酸ガスが発生するから」

「へー、わかんねえ」

千空と部員の会話を小耳に挟んだ山太がここぞとばかりに身を乗り出す。

「このベーキングソーダは炭酸水素ナトリウムそのものですからね！　これがね、熱分解されると炭酸ガス、つまり二酸化炭素が発生してですね、あ、炭酸ガスの発生っていうと、このまえのクエン酸ソーダと一緒なんですけど、あっちは熱分解じゃなくてクエン酸とのコラボレーションによる化学反応で……」

「まーた始まったよ、科学クソ野郎」

「おい、早口やめろ！　謎の化学式を書くな！　メシがまずくなる！」

山太の圧に辟易（へきえき）した部員たちは、さっさと隣の実験机に避難してしまう。

「ちぇっ、こっからが面白いのに」

千空は「残念だったな」と笑いながら、カルメ焼きをかじっていた。

「そんじゃあ男・ナイス立川（たちかわ）！　ナイスな新入生のために歌うぜ！　聞いてくれ、『君は僕のベストフレンド』」

上手（うま）いか下手かもわからないアコースティックギターのイントロに続いて、上手いとも下手とも言えない歌声が流れる。備品のテレビはお笑い番組を映してるし、部長はいつもの席でまたドローンを操っている。あいかわらずこの部室は自由だ。

山太はため息をついた。初日の千空と部長のやり取りをあとから知った彼は、千空にほのかな期待を寄せていた。

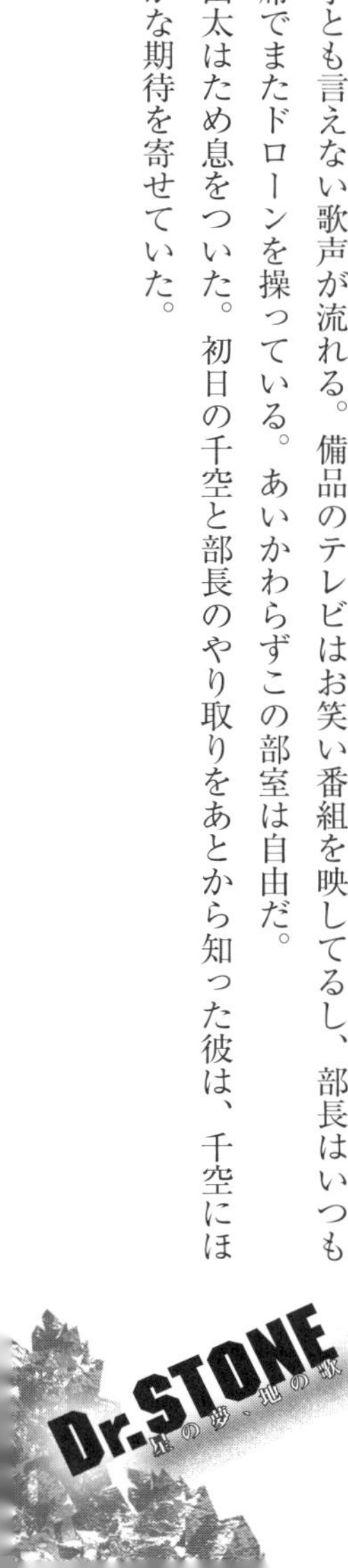

千空は部員全員を科学好きにすると宣言した。山太が思うに、千空は自作ソーダや今日のカルメ焼きなど、理科レベルのとっつきやすい実験もどきから始めて、徐々にこの科学部を通常あるべき姿に持っていこうとしているのではないか。

だけど今日の様子を見るかぎり、自分が試薬にまみれた生活を送るのにはまだ時間がかかりそうだ。まず旗頭（はたがしら）の千空にしてからが、一緒にゲームをしたり、ナイス先輩に誘われてギターを触ってみたり、積極的に科学部の堕落に染まろうとしているようにも見える。

（一体何を考えてるんだか）

「お疲れ様ー」

同じ科学マンといえど、つい先日出会ったばかりのこの男の心は、まだ謎に満ちている。

向こうの机からコップ片手に杠が引っ越してくる。彼女の登場に大樹がピンと背筋を伸ばした。

「ゆ、杠、もういいのか」

「うん、また足りなくなったら焼きに行くかもしれないけどね」

「部員でもないのにご苦労なこって」

千空が皮肉げに返す。杠は気分を害した様子もなくカルメ焼きを頬張った。

「てかさてかさ、新歓なのに、何で俺たちが働いてたんだ？」

山太の言葉に、手芸部なのに一番活躍していた杠が苦笑いを浮かべる。

さすが科学部と言うべきか、今回のパーティに関して、本当に、マジで、ビビるくらい、既存の部員たちはほとんど全然全く動こうとしなかった。

彼らは配られた紙コップを隣の席にスライドさせるくらいの労は厭(いと)わなかった。けれど、その紙コップの束を業務用スーパーまで買いに行ったのも、レシートをちゃんと保管したのも、机に皿を配置したのも、主に山太と大樹だった。

「ほんと、筋金入りのナマケモノ軍団だよ」

「いや、そうでもないぞ」

と言葉を挟んだのは、さっきまで口をもごもごさせていた大樹だ。

「あの人、後半の方は俺と一緒におたまを洗ったり、机拭いたりしてくれたぞ」

大樹が向こうの机に目を向ける。そこには例の料理部先輩がいた。

「マジで？　千空が青汁作ってるときはサボってたけど……そういや何か喋ってたよな」

「食品添加物の話だな。それと頼みごともされたぜ。俺のオススメ添加物とそれ使ったレシピ……料理部への手土産(てみやげ)にしたいんだとよ」

それで手伝ってくれたのかな、と山太が深い息を漏らした。

一人。これだけの人間がいて、手伝ってくれたのはたった一人。でも、されど一人だ。

「順調……なのか?」

「さあ、どうだろうな」

千空が、はぐらかすように青い炭酸水の入ったコップを傾けた。


「おい、千空、そろそろ始めろよ」

宴もたけなわ、といったところで、上級生から千空にお呼びがかかった。千空は「おー」と返事をして、炭酸を飲み干すとさっさと教壇の方に歩いていった。

「何が始まるの?」と杠が山太に尋ねる。

「千空先生の特別授業」

山太はワクワクを宿した声で答えた。

「もうすぐ実力テストだから、その対策を教えるんだ。必殺の新歓企画だろ? これは科学部の良いアピールになるぞ」

「おーし、じゃあ始めっか。『千空先生のこれでバッチリ! テスト対策』の時間だ」

ノリの良い部員が指笛を鳴らした。カルメ焼きにつられてやってきた新入生たちも、思わぬ余興に期待の眼差しを向けている。

「ま、最初の実力テストなんて中学時代の復習だな。一応上級生から過去問だけはもらってるんで、全教科サラっといくぜ」

　こうして始まった千空先生の授業は、彼の破天荒なキャラから想像できないほどわかりやすいものだった。ラフな言葉遣いと毒っ気の混じったユーモアも合間に挟まれ、『授業』という響きに身構えていた新一年生たちも楽しそうに話を聞いている。

　そう、普通にわかりやすい、上出来な授業。

「…………」

　これが他の部活なら、パイセン方も新入部員の頑張りを目を細めて眺めていたかもしれない。だけどここは科学部だった。

　偏差値50未満という低いハードルを何とか潜り抜けて、授業中はいかに教師の目を掻い潜るかに心血を注ぐ地下エリート集団。そんな連中が、普通に素晴らしい程度の授業にいつまでも耐えられるわけがなかった。

「よー、千空。レペゼン科学部。今日という日の人身御供」

　いよいよ脂も乗り切った先生の授業中に、いきなりヒップホップ調でカマしてくる男の部員。ついにヤツらが動き始める。

「ワックなお喋りにはもう飽き飽きだぜ。もういいんじゃねーか、『表』の授業はよ」

　新入生が一斉に（『表』ってなんだよ）と思う。

「『ダークサイド』……。そろそろ見せてやるときじゃねーか？　そこの純白の一年どもにもよぅ」

「なんだよ、それ」

授業を中断された千空先生は怒るというよりは、むしろ興味深げにヒップホップ先輩の言うことを聞いていた。

「あるだろ、とっておきのテスト対策。これさえあれば高得点は確約。理系教科だけじゃねー。国語にも英語にも応用が利く万能薬……」

部室にいる全員がゴクリとツバを飲んだ。

「『カンニング』だ！」

「ウェ────イ‼‼」

「ウェイ！　ウェイ！　ウェイウェイウェイウェイウェイ」

拳を振り上げる部員たちを尻目に、山太が椅子を蹴飛ばして立ち上がった。

「おいおい、あんまり喜ぶんじゃねーよ一年坊主」

「違う！　俺の『ウェイ』は違う！　ウェイト！　英単語のウェイト！」

「んだよ英語の授業ならヨソでやれ！」「引っ込めメガネー」

四方から散々なヤジが飛んでくる。山太は憮然（ぶぜん）として席に着いた。大樹が無言でその肩に手をのせる。

「教えてくれよ秘策をコソッと。科学的にバレないカンニング・メソッド」

「……たとえば、どういうのがいいんだ？」

「おいおい千空」

　話に乗った千空に、山太が慌てた声を出した。

「まあそんな心配すんな。思考実験みたいなもんだ。お前らのアイデアを検討するくらいはしてやるぜ」

「やらねえやらねえ。このカルメ焼きに誓う」「血判（けっぱん）も辞さないよ」

　授業中は静かにつまんなそうにしていた部員たちがこぞって騒ぎ始める。

「オーケーオーケー。さて、合理的にいくなら、まず広末（ウチ）の試験環境の確認だな。上級生、頼むぜ」

「おう、ノリがいいじゃねえか一年。……ウチのテストは各自の教室でやるのが普通だな。机に置けるのはペンと消しゴムのみ。カバンはロッカー。試験中は監督の先公が一人。歩き回るヤツもいるし、座ってるだけのヤツもいる。ここは運だな」

「あと掲示物は全部剥がされるよね。一回張り紙に漢字の答えがあったとかで」

「なるほど、結構厳しめだな。じゃあたとえば杠、お前ならこの状況をどうする？」

身をかがめて傍観者に徹していた杠が、いきなりのご指名に目を白黒させた。

「なんで私に聞くの……？　えーと、机に答え書いとくとか？」

「机は席シャッフルってリスクがあるぜ」と上級生が口を挟む。

「つまり運ゲーってことだな。大樹、他に案は？」

「え……ス……スマホ？」

カンニングなんて考えたこともない大樹がしどろもどろで答える。

「ま、悪くねえが、モノがでけえのと画面が光るのがな。絶対机の上に置けねえってのも痛え。よっぽど上手くねえと視線でモロバレだ」

「カンペ！」とお調子者が手をあげる。千空はニヤリと笑った。

「おーおー、ワリぃヤツがいるな。実際、試験範囲が絞れてる定期考査とかじゃあかなり有効な方法だ」

「んだよそれじゃあ普通じゃねーか」

（普通って何だろう）と山太は思った。

「カンペならテスト用紙の裏に隠せるけど、見つかったら一発アウトだもんね」

「証拠にならなければリスクは減らせるんじゃない？　見えない文字で書いて、何かしたら浮かんでくるとか……。科学実験とかでありそうだけど……」

話していた二人の部員が助けを乞うように教壇を向いた。

「たとえばそこらで売ってる透明ペン。モノによっちゃあ上から鉛筆で擦ると普通に浮き出てくる」

「おお！　使えそう！」

「文字を浮かび上がらせるってんならブラックライトを利用するのもアリだな。普通に売ってる紫外線照射装置だ。紫外線に反応する透明な蛍光塗料で文字を書いて、そこにブラックライトを当てると光って見える。このやり方はパスポートの偽造防止にも使われてるし、同じ原理でそこらに眠ってるウラン鉱物だって見つけられる」

「ウランって……核爆弾の？　やべえな、紫外線」

「ただ、スマホと同じく光るからバレやすいだろうな」

「ダメじゃん、紫外線」

「じゃあさ、じゃあさ、教室のどっか……蛍光灯とかにブラックライトを仕込めないのか？」

実験室の隅から上がった提案を聞いて、千空はあごに手を当てた。

「それは……結構おもしれえな。なんでかわかるか、山太？」

ご指名になった山太はヤケ食いしていたカルメ焼きの手を止めた。

「蛍光灯って確か、紫外線使ってるからだろ」

「え⁉ そうなの⁉」

一人の女子生徒がやけに驚いた様子で叫ぶ。

「ああ、中の水銀ガスに電気を流して紫外線を発生させてる。光るのは内部に塗られた蛍光塗料が紫外線に反応するからだな」

「さっきのカンニングと同じなんだ……」

「内部の蛍光塗料をいじくればいけるか……？ いや、でも色の不自然さは……文字が一生光りっぱなしってのも……」

「てか、ダメ‼」

考え込む千空に、先ほどとは別の女子がストップを突きつけた。

「何でだよ」

「日焼け、しちゃうじゃない‼」

あまりにも真に迫った絶叫に、多いとは言えない女子生徒の大半が頷いた。

「そんな極端な影響は出ねーよ。せいぜい万年貼ってあるプリントが変色するとかだろ」

「中の蛍光塗料減らしでもしたら、今まで以上に紫外線が漏れるかもなー」

口に手を当てて山太が援護射撃を飛ばす。

「ほら、テスト期間中ずっと日焼け止め塗れっていうの⁉ 絶対ダメ。これ、女子の総意だからね」

　哀れ蛍光灯ブラックライト案は廃案に追い込まれた。可能性を示しただけなのにやり玉に挙げられた千空は、ひたすらめんどくさそうな表情を浮かべている。そんな千空に向けて、杠が申し訳なさそうに両手を合わせた。

　その後も活発な議論が繰り広げられた。

　カンペの証拠隠滅を図る部員たちは、オブラートをカンペ代わりにして食べてしまうことを思いつき、千空から食べられるインクの存在を教わった。

　一人だけを対象に音を発信できる指向性スピーカーを使った耳からのカンニングは、いい線いっていたけれど、そもそも誰が正解を流すのかという問題を解決できなかった。

　最初は話題の過激さに及び腰だった新入生たちも、いつしか積極的に発言するようになっていた。千空が最初に言ったようにこれは「思考実験」。絶対にやらないことだからこそ、頭の中だけでその可能性を考えるのは新鮮で、背徳的な甘さがあった。

　普段は授業なんて聞いていない、教科書なんて見たくない部員たちも、近年稀に見る熱量でこの話題を継続していた。興味をもって取り組み、意見を出し合い、考察し、洗練させていく。情熱的で、真剣で、この光景を見た教師がいたら、うらやんでため息をついて

いたかもしれなかった。

話も煮詰まったころ、また新たな提案がもたらされた。

「てかさ、鏡は使えねーのかよ」

「鏡?」

「頭いいヤツの答案覗くんだよ。上手いこと反射とか計算してさ」

「それは、ダメだ」

千空は、一言のもとにその提案を切り捨てた。それはこれまでの和やかな雰囲気からかけ離れた氷の刃のような口調で、だから提案者の科学部員は憮然とした表情を浮かべた。

「おい、千空。今さらそれはねーだろ」

「いいか。カンニングってのはリスクの塊なんだぜ。公的な資格試験でやれば普通に犯罪。学校のテストでも、バレた日には事と次第によっちゃあ退学モンだ」

「だからそんなの今さらだって……」

「ちげーよ。だったら他人の答案になんか頼るなってことだ」

千空はその生徒をまっすぐに見つめながら言った。

「覗いた答えが正解かどうかなんてわかんねえだろ? どんなヤツだって間違いはする。そんならまだ自分を信じて答え書いた方が一〇〇億倍マシだ。馬鹿みたいなリスクを負ってるくせに、結果は他人任せなんて合理的じゃねえ。そんだけの話だ」

実験室がシンと静まり返った。ほとんどの人間が、千空の言うことに一理以上の正しさを感じていた。ただ新入生はともかく、こと勉強において『自分を信じる』ことが全くできないのが科学部の部員たちだった。だからそこにはほのかな反発が生まれた。

「じゃあ、お前の答案を覗くのもナシか？　優等生」

部員の暗い反発をそのまま形にしたような声が部室の最奥から投げかけられた。声の主は、そんな部員たちの長（おさ）だった。

「……俺の答案を覗くのは絶対に間違いだぜ」

「ウソつけよ、新入生総代」

「ならやってみろよ三年生。一〇〇点満点中一五〇点なんて点数取ったら、一〇〇億％バレるだろうけどな」

部室は静まり返ったままだった。

なんせ千空のこの言葉が、マジに言ってるのか、彼なりのジョークなのか全く判断がつかない。だから事情を知る生徒たちは順々に彼の幼なじみの顔を見つめた。

「ん？　たまに取ってたぞ」

大樹の「それがどうした？」と言わんばかりの表情に「マジかよ」の声が上がる。

「まあ、取ってたね……」と杠が続ける。

「本当だったんだ、千空伝説」

「ま、そんくらいじゃねーと完璧なカンニング方法なんて思いつかねーんだろうな」

先輩の一人が両手を上げながら、諦めたような声を出した。

「ようするに、バレないカンニングをするために、必死で勉強しなきゃならんと」

「本末転倒じゃねーか。やっぱ帰って、寝て、赤点取ったほうが楽でいい」

そこが彼らなりの落とし所だったのだろう。そのまま千空先生の特別授業は閉幕とあいなった。片付けはもちろん一年生たちが主導となっておこなわれた。ただ、「オモレー授業の礼」だと言って、何人かの先輩たちも手伝ってくれたのは、今回の一番の収穫だった。


校舎を出ると、四月にしては肌寒い風が、桜の花びらついでに髪を揺らしてくる。想像していたよりも手厳しい外気の洗礼に、山太がくしゃみでもって降参の意思を表明した。

「さっむ。外くっら。ほんと、何で俺らメインで片付けなきゃいけないんだか」

「俺たちだけじゃ、なかっただろ」

「まあな……千空のおかげだよ。なんだかんだ盛り上がったしな。……ただ、他の先輩たちがイマイチなんだよなあ。せっかくの実験室なのに科学をやらないなんて……」

「やってたじゃねえか」

「そりゃお前がいるときだけで……」

「俺が入る前から、やってたじゃねえか」

「は？」と山太が怪訝そうな声を出した。千空の言うことは筋が通っていない。自分たちが来る以前にあの部室にあったもの、それは怠惰と堕落だけだ。

「あのなあ、初日を覚えてるだろ。変な薬品突きつけられて、部室入ったらゲームしてて、スマホいじって、唐揚げ焼いて、今日だってテレビ見て、ギター弾いて……」

「全部科学じゃねえか」

今度は言葉が出なかった。

全部科学？　確かに機械は科学の産物で、技術は科学の恩恵だ。でもあの部室で起こったことは科学そのものではないはずだ。

「お前は科学部をちゃんとした部活に戻そうとしてたんじゃないのか？」

「『ちゃんとした』ってどんなだ？」

「そりゃテーマ決めて勉強したり、それを実験で確かめたり……。なあ、炭酸もカルメ焼きも、理科の実験に則（のっと）った実演なんだろ。カンニングの話はやりすぎだと思うけど、あれも話題の中に科学の知識を絡めて喋ってるんだと思ってた。そうやって、あの人たちをマ

トモに更生させるのが狙いなんだろ？」

「『科学大好きっ子』に洗脳するとは言ったけどな」

「つまり、真面目に科学を検証する部活にしたいってことじゃないのか？」

「山太、お前は科学って何だと思う？」

千空の発した突然の問いに、しかし山太は淀むことなく答えた。

「再現性の追求だろ。この世界の、宇宙の仕組みと法則を解明するんだ」

彼の言葉に気負いは無かった。背伸びしているわけではなく、科学の体系を学び、科学の歴史を敬愛した結果、純粋に心から出た答えがそれだった。

「正しい、立派な科学マンの答えだな」

からかわれていると思った山太はムッと口を尖らせた。

「お前にとっては違うのか、千空」

千空は急に足を止めた。道端で黙り込んだまま、じっと夕空を見上げている。

「おい」

見かねた山太が声をかけた瞬間、千空は弾かれたように後ろへステップを踏んだ。

「何やってんだよ……」

頭脳明晰な男の、十歳は退行したかのような奇行に、山太が呆れた声を出す。

「事象の再検証だよ。万が一……兆が一でついてこないとも限らねえからな」

「はあ？」という雄弁な問いかけに答えるように、千空が空を見上げた。視線の先にはいびつな円形をした白い天体が、濃い紫の中にデンと構えている。

「月……？」

「月がずっと俺を追いかけてくる……。それが、俺の科学の原点なんだよ」

「つまり……どういうことだよ」

「お前は『ルール』が好きだったのか？」

山太は、答えられなかった。突拍子もないから、じゃない。科学に対する心構えなら、どんな不意打ちかまされても、口をついて心から出る。でもこの質問に答えるには、山太は科学を好きになりすぎていた。

「部の連中は、俺たちと違ってルールには興味なさそうだぜ。でもな、月・ギター・ゲーム……科学は世界の全てだろ。だったらあの部室で起こっていることも……」

「全部があの人たちにとっての『科学』、その入り口になりえる………？」

夕方から夜に移りゆく、そのぼんやりとした薄闇の時間帯に、千空の言葉はくっきりと浮かんでいた。ギラギラと鋭く在るというよりは、固く、重く佇んでいるそれは、山太の頭の上に解けない問題のようにズンとのしかかった。

「お前にとっての科学って何だよ」

山太は先ほどと同じ質問を投げかけた。ただ今度は尖った反感からではなく、親愛なる興味からだった。

「唆（そそ）ること」

千空の答えは美しい数式のように単純（シンプル）だ。

「……わかった。お前はガキなんだな。頭の良い、子どもだ」

千空は何も言わずにニヤリと笑った。山太が悪口を言ったわけではないのは、そのメガネの奥の細まった目を見れば自明だったからだ。

それから二人は別れるまでの短い道行きを語らいながら歩いた。

宇宙飛行士の父親の話題も出てきた。憎まれ口を叩きながら父を語る千空の姿は、その口調のふてぶてしさの分だけより一層いじらしい感じがして、山太は口元が緩むのをこらえることができなかった。

「ロケットは、もう作らないのか？」

「やるさ。入学式でもカマしたし、前回のリベンジもあるしな」

「リベンジ？」

「ああ、テメーが見たニュースでどんな風に書かれてたか知らねえが、あのローンチは失敗だ。機体が高度一〇〇km(キロ)に届く前に吹っ飛んじまった。機体の姿勢制御がどうもな。ったく、エンジンの燃焼をクリアしても、次々問題が出てきやがる」

愚痴っぽい言葉とは裏腹に、千空の顔はいかにも楽しげに輝いていた。失敗や困難を笑顔で語る。これもまた一つの偉大な資質なんだろうと、山太は興味深げに眺めていた。

しばらくして二人の歩みは別方向に分かれた。

一人歩く山太の頭では、千空の「科学は世界の全て」という言葉が延々と回り続けていた。彼はその言葉を完全に理解したとは思っていなかった。ただ、今日という日を、桜降る薄暮(はくぼ)の帰り道を、生涯忘れることはないような気がした。

カルメ焼きパーティとカンニング講座は、たしかに何人かの部員と山太の意識を変えた。しかし大半の部員はまだ彼らの怠惰を後生大事に抱えている。だから山太は部室のドアを開けると恒例行事のように小さいため息をついた。

科学部はあいかわらずの能天気っぷりで、今日も椅子に持ち込みの座布団を敷いて、優雅にコーヒータイムとシャレこんでいる。水道がいつでも使える環境というのは実に結構

なものだ。

挨拶をかわしながら見ると、窓側の席では数名の部員が机に向かって鬼のような形相で手を動かしていた。手元では銀色の粒子が軽やかにきらめいている。……近寄ってみるとただのスクラッチくじだった。そのくじに描かれたキャラクターがセリフを言っている。

『ワクワクしてきたぞ！』

俺のワクワクを返してくれ、と山太は思った。勉強とまでは言わない。せめて実験器具でも何でも触っていてほしかった。

（全部が科学……）千空の言葉がよみがえる。

焙煎（ばいせん）・抽出。科学っぽい。スクラッチくじ。摩擦・確率……。

（確率は数学……まあいいか）

試してみることにする。

「先輩、そのクジ、千円以上が当たる確率計算してみましょうか？」

スクラッチ先輩は熟練の職人のように手を動かしながら答えた。

「バカヤロウ。当たるまでこするから一〇〇％だよ、坊主」

「なるほど」と言って山太は退（ひ）いた。

（覚悟が、及ばなかったな）

期待値の話題に持っていった方が食いついたかもしれない。何にせよ、千空のようにはいかなかった。

件の千空は、窓際の席で風に当たりながら、自前のノートパソコンをいじっていた。

「何してんだこれ。……注文書？」

よお、と千空が画面を覗きこんできた山太に挨拶した。

「電池・ダイオード・ソケット・トランジスタ・ガスボンベ・コンデンサ・コンデンサ・コンデンサコンデンサ……。千空お前、電気工作でもやるのか？」

「雷属性はもういいんだよな。次は火か……氷はちょいメンドくせえかな」

ワケのわからないことを言いながら立ち上がった千空は大きく伸びをすると、そのまま黒板の方へ歩いていった。見ると、コーヒーを分けてもらっている。

「よう、花岡っち、お前はこのマンガのヒロインどっちがいいと思うべよ？」

一人ノーパソの経理ファイルを眺めていた山太に、一人の先輩がジャンプ片手に語りかけてきた。

「理系の子です。てか先輩、千空が何やってたか知ってます？」

「やっぱ理系かあ、お前ら科学マンは。千空っちもそうなんかねえ」

「メガネかけてますからね。で、何ですか、雷属性って」

見かねた別の先輩が無言で隣の机を指した。水道の向こう、幅広の実験机に何やら真剣な眼差しで向かう三人がいる。これまた手元では銀色が光っていた。

「またスクラッチくじでもやってるんですか……って」

呆れながら近づくと、どうも様子がおかしい。

まずコーヒーの香りに紛れて、松ヤニっぽい匂いが鼻についた。見ると机の上には回路やコンデンサなど、さっきファイルで確認したブツが散乱している。

極めつけは三人の部員たちだ。片手に握るは針金のような物体。その先端を反対の手に持った器具で熱し、溶かしていく。銀色は銀色でもスクラッチくじとは全く違う作業だ。

「ハンダづけ!?」

ハンダづけとはハンダごてでハンダを溶かす作業……というとボキャ貧の極みのように聞こえるけれど、とにかく彼らがやっていたのは、電子回路に金属を溶接する試み……ようするに電子工作だった。

「え!? 科学部なのにどうして……ってか、何作ってるんですか!?」

「見本、ここね」

集中しているのか、紅一点の先輩が頭も上げずにすぐ横を指さした。そこには切断された栗（くり）のように内部の回路をさらけ出した物体が転がっている。これを見て作業をしている、ということなのだろうけれど、問題はその形だ。

「ピストルじゃん!!」

そう。銃。鉄砲だ。細かい形は違えど、銃口らしきモノがあり、グリップがあり、トリガーのようなスイッチもある。

「アホやなあ。ピストルなわけないやろ」

関西弁の先輩が、子どもを優しく諭すような声を出す。

「で……ですよね。そもそもピストルのためにハンダづけなんて聞いたこともない……」

山太は恥ずかしさに頭を掻いて微笑んだ。

「で、実際何なんですか、これ」

「電気銃」

「銃じゃん！」

「名付けて拡散放電銃〈サンダースプリット〉やで」

「こっちはデススタンガン〈タケミカヅチ〉よ」

「僕のは高電圧ラケット〈トールハンマー〉」

先輩たちが次々と己の罪業を告白する。

「ものすごい雷神推し！　雷属性ってこれのことか!?」

「ああ、そうだぜ」

山太の気づきは、コーヒーを持った主犯によって肯定された。

「何作らせてんだよ千空！」

「あ？　ガキのころ作った武器だよ。C・W回路ガン盛りで威力マシマシだぜ」

「ラーメンのトッピングみたいに言うなよ……。いつからここは武器工房になったんだ」

「千空先生の特別授業よ。題して『喧嘩必勝法』」

とハンダごての先をスポンジで丁寧に拭いていたタケミカヅチ先輩が言った。

「科学部の扱うテーマじゃない……」

「最初は人体構造から見る効果的なフルコンタクト殺法を習ったんやけど、やっぱ鍛えるのとか練習とかメンドいし、向いてなかったんよな」

「はあ、それで、武器」と山太が銃を作っていた先輩をジト目で見つめる。

「科学は全ての者を平等にするからな」と千空が言った。

「属性っていうのは？」

「相手によって弱点が違うかもしれへんやろ」

「ゲームのやりすぎで忘れてるかもしれませんけど、人間っておおよその属性に弱点ついてますよ」

結局、いつもの悪ふざけだったわけだ。いい加減山太も彼らの茶番に本気でツッコむのがバカバカしくなってきた。

（でも……）

真剣に手を動かす三人を眺める。隣に置かれた回路の見本を見ながら、時に千空に教えを乞いながら、彼らは作業を進めている。銀のロウが熱によってトロっと溶け、また冷えて固まっていく。そのサイクルを繰り返す彼らは、心なしか楽しそうだった。

たとえそれが悪ふざけの極みだとしても、こうしてまた三人、千空の科学沼に引きずり込まれたわけだ。いや、むしろ武器作成なんてバカげきったことだからこそ、この人たちは何のしがらみもなく、真剣に工作できているのかもしれない。

『洗脳』は成功しつつある。被害者を笑顔にしたままで。

山太は部室の奥を盗み見た。そこには集団の長が、部室そのものに溶け込んでいるかのように座っている。またドローンを操作して、座りながらに学校を監視しているようだ。

（動かざること山のごとし……か）

あの人を動かせたときが、新しい科学部のスタートだろう。そしてそれは、山太が思い描いていた部活とは、また違うものであるような気がした。

「なるほどー、千空っちはそうなんか。部長はどっすか？」

ヒロイン談義がいつの間にか再開されていたらしい。少年ジャンプ先輩は、コントローラーを握っている部長の方へと目を向けた。

「理系」

「部長もかー……あれ、部長って文理どっちですっけ？」

「俺は理系だよ」

山太は思わず聞き耳を立てていた。そういえば、自分はこのリーダーのことを何もわかってない。理系なことも、同じ好みをしているのも初めて知った。

「胸、デカいしな」

（あ、わかりあえない）と山太は伸ばしかけた手を引っ込める。

「文理関係ねー」

「そもそも文系理系なんて、しょうもねえ区分じゃねえか」

部長はいつもの太い声で続ける。

「結局お受験のための選り分けだろ？　高校時点の成績の良し悪しで進路決めてるヤツばっかじゃねえか。お仕着せの基準に自分を合わせてるみてえで、何か気持ちワリい」

部長の言葉に、千空が腕組みしながら頷いた。

「そうかもな。それに文系だからって科学やらねえ、やらねえでいいってのは、死ぬほどつまんねえし、もったいねえわな」

ウマが合っている。珍しい、と思うほど、そもそも二人の間で会話がかわされたことはない。だからこの二人の掛け合いは新鮮だった。

（相性は……悪くなさそうなんだよなあ）

どちらも極端な正論家で若干の皮肉屋。ただ活動に対する態度だけが真逆を向いている。

「俺らってだいたい文系っすからね。『数学無理！　理科嫌い！』で文系選んで……」

「そんで文系科目も大してできねえんだろ。オワだな、オワ。ま、人間分相応が一番だぜ。どうせ出来損ないなら、デカい失敗しないように頭かがめて世の中生きてくさ」

部長のいつも通りニヒルな、少し達観した言葉。だけどそこに異を唱えるヤツがいた。

「関係ねえけどな。やりてえことやるだけだ」

もちろん、千空だ。

「イキるじゃねえか、一年」

「ビビってんじゃねえぞ、三年」

「失敗するってのがどんなことかわかってねえな。今の時代、少しやらかせば、やれ拡散だ、やれ炎上だ、どこまでも粘着され続ける。リスクばっかりが重くなってんだよ」

「だ・か・ら、関係ねえって」

結局二人は角を突き合わせることになってしまった。

白衣と白衣。静と動。停滞と前進。もしかすると、絶望と希望。二人の根底にあるものは、同じ空間に座を占めるかぎり、衝突する定めにあるようだった。

「『できるヤツ』の無責任だな。できねえヤツを巻き込むんじゃねえよ」

「責任なんてものは、テメーだけで背負うもんさ」

部長がコントローラーのスティックを激しく動かした。あの日のように遠鳴りが聞こえ、窓からドローンが滑り込んでくる。だけど初日と違い、ドローンは机に着陸せず、まるで突進するように千空たちに肉薄してきた。

山太が思わず身をかがめる。ドローンは、千空の手前上空でピタリと静止した。回転する羽が起こす風が千空の髪を揺らし、まるで威嚇するようなプロペラ音が攻撃的に鳴り続ける。その無機質なボディは、まるでそこにいる人間を見下すように、天に陣取っていた。

「ガキのころ歌わなかったか？　ロウの翼で太陽まで飛んだイカロスの歌。俺はあの歌から学んだぜ。バカがバカやってもバカな結果にしかならねえってな。死んだならまだ潔いが、生き残っちまった日にはバカがバカを叩くアホみたいな連鎖に組み込まれるだけだ」

「失敗怖がるなんざ死ぬほど合理的じゃねえ」

「月並みな浅いセリフだな。科学者気取り」

「なら俺がその歌から学んだことを教えてやろうか、科学的にな」

千空が、ポケットから何かを取り出す。銃口があり、グリップがある。銃。いや……

「サンダースプリット……」

先輩が声を上げた。絶賛作成中の電気銃……のおそらく完成品だろう。

「イカロスが教えてくれたのは『ロウは熱で溶けるから、太陽旅行には向かない』ってことだ。だから俺は学んだぜ。『太陽まで行くんなら、ロウじゃなく、熱に強い素材で組み上げるべきだ』ってな」

千空が電気銃をドローンに向ける。部長の顔色が変わる。

「そしてもう一つオマケだ。機械の弱点は、雷属性だぜ」

沈黙が、プロペラの風にかき乱されることなく、部室を重苦しく支配していた。一分足らずの長い長い対峙（たいじ）の結果、先に矛を収めたのは部長だった。

「そろそろマジでタイギになってきたな……。千空、お前の存在も」

そう言うと部長はドローンを引っ込めた。静かな威圧感を残しながら、翼が机の上に降り立つ。

「そうだな。そろそろいいだろ……」

千空は銃をしまい、部長から視線を外して、部屋を見回した。

このとき広末高校の第二実験室にいる十名弱の部員たちは、みんな一様に千空の顔を見ていた。ある生徒は怖がるように、ある生徒は迷惑そうに、そして誰もが、微粒子のようにかすかな期待を宿して。

「宇宙に行く。ロケットを作る。決まったぜ……」

千空は、全員に聞こえるように声を上げた。

「次は、水属性だ」


バシュッという音とともに、空を切り裂くように舞い上がったそれは、キラキラとしたしずくを撒(ま)き散らしながら低軌道の放物線を描いて、広末高校のグラウンドを横切った。

「一五m(メートル)ぅ〰〰」

白衣を揺らしながらテクテクと駆け寄った影が、土の上に落ちたそれを拾い上げた。そこはちょうど扇形を描く白線と白線のど真ん中。扇の先端部では別の白衣がその声を聞いてスマホにその数字をメモっている。

「ラスト〜、科学クソメガネ〜」

「やめてくださいよそのアナウンス……」

山太が眉をひそめながら、そばに転がっている空気入れのハンドルを手に取った。普段なら自転車のタイヤにでも繋（つな）がっているだろうそのホースは、今日は例のブツ……炭酸用ペットボトルに接続されている。

ペットボトルロケット。科学部が飛ばしているのはそれだった。

自販機にお金を投入し、中身をがんばって飲み干し、ハサミで切って、飲み口を上下に取り付けて作ったロケットが、ハンガーを切って作った簡易の発射台にセットされている。発射台に取り付けられたロケットの底部にはぶっといゴム栓がはまっていて、その中に通した管から、山太がシュコシュコと送り込んでいる空気が注入されていく。空気入れのハンドルが上下するたびに、ペットボトルの中に入った水が、ブクブクと揺れていた。

その様子を見た白衣の一人が、何かに気づいたような声を上げる。

「おいおい花岡、それ何かちがくね？」

白衣は自分の手に持ったブツと山太のモノを見比べる。真ん中がへこんだフツウの炭酸ペットボトル……だったはずが、山太のモノは厚紙の装甲によって、本物のロケットのようなフォルムに改造されていて、オマケに尾翼（びよく）までついている。

「レギュレーションには違反してません……よっと」

山太がトドメとばかりにハンドルを押し込むと空気の圧力でゴム栓が外れ、ペットボトルが中の水を撒き散らしながら、弾かれたように飛び上がった。

一目見ただけでわかるほど、それまでのロケットとは一線を画す軌道を描いたそれは、青い空を切り裂いて、先ほどの記録よりも白線四つ分超えた場所に貫禄の着陸を果たす。

「ごじゅう……もういいだろ。優勝！」

投げやりなアナウンスとともに、「まあそうだろーよ」と投げやりな拍手が起こった。

「優勝は一年花岡。優勝賞品は、ナイス立川によるナイスな歌です。どうぞ」

「おっしゃあ行くぜ！　誰も俺を止めるなよ!!」

「あの、お心遣いは身にしみてます。大丈夫ですから。ギターもしまって」

「副賞は、なんとコーラ2リットル！」

「もう炭酸なんて見たくねえよ……」と炭酸の苦手な部員がゲップをした。全員が全員、このペットボトルロケット大会のためにお腹をたぷたぷにして来ている。

「おー、終わったか」

そこにこの大会の主催者・千空が現れた。「存在がレギュレーション違反」と参加資格を剥奪されたわりにはペットボトルを未練がましく抱えている。春先なのになぜか革の手袋をしていて、さらにボトルの口から、白い気体がコンコンと漏れていた。

「どこ行ってたんだよ、千空。てか何だそのペットボトル、何か湯気立ってるけど」

「ま、それは後でな。で、水属性最強は誰に決まったんだ？」

「花岡だよ。地属性みたいな名前してるくせに、『科学部の海神（ポセイドン）』の称号をほしいままにしやがった」

「おめでとう、ポセイドン」「メガネずれてるよ、ポセイドン」

「ありがとうございます。ありがとう……おい千空、早くこの空気をどうにかしてくれ」

「わかったわかった。……よし、全員いるな」

千空が周りを見回した。全員、広末高校科学部の部員二十名弱がそこに立っていた。たった一人を除いて。

「部長、参加しなかったな」

「いや、『見てる』みたいだぜ」

千空が首を上げる。空には、例のドローンが、みんなを見守るように佇んでいた。

「さて、あの日あの場にいたヤツは聞いただろうが……俺はロケットを作る」

千空はいつもの軽い口調で言い放った。周りの反応は、薄い。

「科学部の力を借りて、だ」

「あんな、千空、一個聞きたいんだけどよお」

一人の先輩が手を上げた。

「そのロケットって、どんなだ？　こーいうのじゃねーよな？」

先輩が、自分の手の中のペットボトルをもてあそぶ。

「似たようなもんだ。ただ、宇宙まで行くってだけでな」

「おいおいおい、全然別モンじゃねーか」

「一緒なんだよ。ロケットがどうやって飛ぶか知ってるか？」

「知ってたら科学部になんかいねえよ」

「『足からかめはめ波』だよ」

「は？」という声が、幾重にも重なった。

「このペットボトルロケットは、パンパンに圧し潰した空気が水をケツから押し出して、その反動で飛ぶ。『反作用』ってな。ロケットの原理も全く同じだ。燃料がすげー爆発起こしてその勢いで宇宙まで一気に駆け上る。だから……」

「『足からかめはめ波』……。そっか、あれもかめはめ波の反動で空飛んでたもんな」

「すげーぜドラゴボ。マジでわかりやすい」

「ごめん、男子、わかる言葉で喋って」

四割近くいる女子のさらにその半数が、怪訝な顔をしていた。

「でけー屁こいたら空飛べそうな感じするだろ」と男子部員が答える。

「最低!!　……でもわかりやすい」

「いやいや待てよ。いくら原理が同じだからって、規模が違うじゃねーか。宇宙だろ？　それって確か……」「三〇〇〇ｍくらい？」「富士山より低いかよ」

「まあ色々めんどくせえ話だが、一つの基準が『カーマン・ライン』だな。ざっと一〇〇㎞ってとこだ」

千空の言葉に部員の一人が空を見上げた。

「ひゃっきろ。ここから箱根で八〇㎞くらいだろ……遠いわ。近くの銭湯行くわ」

「ペットボトルを極めし者でも五〇ｍじゃねーか。ＮＡＳＡ以外無理だって」

「ＪＡＸＡ(ジャクサ)って名前もぜひ覚えてほしいもんだが、とにかく、そのために色々工夫すんだよ。山太のロケットがそうだっただろ」

千空は計測係が持っていた山太のロケットを受け取った。

「先端を尖らせる。真ん中のくぼみも無くす。これで余計な空気抵抗は減る。尾翼をつければ、重心が後ろにいって姿勢が安定する。優勝したのはこういう工夫があるからだ」

「四〇ｍばかし伸びたところでなあ……」

「じゃあこういうのはどうだ」

千空はそう言うと、手に持ったペットボトルを持ち上げた。水が少しだけ入ったペットボトル。だけどその口からは、あいかわらず謎の白い煙がもうもうと立ち上っている。

「千空、もしかしてそれって……」

山太が言葉を発したのと同時に、千空がペットボトルを逆さにして手から離した。ボトルは白い棚引きを残したまま重力にしたがって落ちかける。

その瞬間、

「シュッ」

という音とともにものすごい量の白煙。一瞬のうちにペットボトルが視界から消え去る。

「冷たっ……ペットボトルは?」

思わず顔を背けた女子部員が目を上げると、ペットボトルはもうどこにも見えない。

一〇mの白線の近くにも、五〇mの白線を超えた先にも全く見当たらない。

「あっちだ……」

信じられないといった表情を浮かべた男子部員がゆっくりと人さし指を伸ばした。それはハンマー投げ用の白線を超えたはるか向こう、校舎の付近を指している。

「ウソ……あんなに?」

「液体窒素の力だ。本当は氷属性の実習のために用意してたんだけどな。クッソ冷たい液体で、沸点は約マイナス一九六℃。水より軽いからボトルに注いだだけじゃあ上に溜まるだけだが、逆さにして水と混ざっちまえば一瞬で気化して、大量のガスを発生させる」

「その反作用がアレって……どんだけだよ」

「液体が気体になると体積がバカでかくなる。この小学生レベルの知識でも、応用できりゃあ、そこらへんのペットボトルですら、あんくらいの爆速ロケットに仕立て上げられる。……わかるか？」

千空は自分の額……いや、頭脳を指でコンコンとさした。

「俺には科学がある。一〇〇㎞だろうが、三八万㎞だろうが、理論と計算さえ完璧なら必ずたどり着ける。あとは、作るだけだ」

千空の言葉を聞いた部員たちに、先ほどまでの冷ややかさはなかった。できるかもしれない。そう思わせるほどの説得力が、この男の知力にはあった。だけど、その隔絶した頭脳こそが、ある種の反感の的になるのもまた事実だった。

「でも……やっぱ無理じゃないか？」

気を取り直した部員が、おずおずと口を挟んだ。

「お前なら本当に作れるんだろうけど……俺らみたいな落ちこぼれについていける次元じ

ゃないよ。液体窒素なんて初めて聞いたぜ。足手まといになるのが目に見えてるじゃん」

高い山にわざわざ足をかけようなんて輩は少ない。だいたいの人間はただその威容を目にしただけで、ふもとを回り込もうとするだろう。ましてや、自分がコンプレックスを抱いている分野ならなおさらだった。

「俺も」「わたしも」といった声が徐々に湧き上がってくる。千空は目を閉じた。部長の言葉が蘇る。

『タダでジュース飲ませたくらいじゃあ、誰もお前のために動いたりしねえ』

今、現実はその予言通りになろうとしていた。彼らは千空を千空たらしめているものにどうしようもなく反発している。だから、状況はこの上なく厳しい。それでも、呼びかけなければ何も始まらない。

千空は今一度口を開きかけた。そのとき、

「そうでもないぞ」

白衣たちの外から声がした。否定の言葉とは裏腹の、穏やかで力強い声。それは、小さいころから嫌になるくらい聞き慣れた声。千空は目を開いた。

そこには千空のペットボトルを持った幼なじみの巨体があった。

「あー、デカブツ。何の用だ？」

「煙を噴いたペットボトルが、なぜか空から落ちてきた。俺にはよくわからんが、こういうことを起こすのは千空、お前じゃないのか」

「ククク、テメーにしては上出来な推理だ。一〇〇億点くれてやるよ」

千空は嬉しそうに大樹からペットボトルを受け取った。受け取った、はいいけれど、大樹の視線は、ずっとそのペットボトルを追っている。

「どうした、デカブツ。何見てやがる」

「飲まないのか？」

「は？」と千空があっけにとられた表情をした。

「中身、ちょっと残ってるぞ」

「飲むかよ！　胃が破裂しちまうわ！」

「そうなのか？　よく冷えてたのにな」

「そりゃ冷えてるだろうよ！　液体窒素だからな！」

「何だ？　液体……チッソ？」

「ハハ……ハハハハハハハ」

二人のやり取りを聞いていた山太がおなかを抱えて笑い出した。そのとき彼は、初めて会ったときの会話を思い出していた。千空と大樹。あとから聞いた話では、前回の千空ロ

ケット打ち上げのメンバー。だから彼は大樹に向かって問いかけた。

「大樹くん、さっきの『そうでもないぞ』ってどういう意味？」

問われた大樹は何でもないような様子で即答した。

「ああ、千空がまたロケットを作るんだろ。雑アタマの俺で手伝えたんだから、科学部のみんなが足手まといになるなんてことはないぞ……いや、ないです」

大勢の先輩が自分を見つめていることに気がついた大樹が、急にもじもじし始める。だけど他の部員たちは大樹の発言内容の方に気を取られていた。

「『手伝った』って何だよ！　一回ロケット作ったことあんの!?」

「え、はい、千空のロケットで、俺たち、宇宙に……」

「ァジで!?　有人飛行!?」

「正確に言えよ雑アタマ。ペイロードだけだろ」

「行ったのかよ！　それ最初に言えよ！」

希望が、まるでジェットノズルから噴出してくるように溢れはじめた。途方もない夢物語は液体窒素のロケットを通してしっかりとした形を得て、ここにその夢を手伝った大樹が現れたことで、ついに触れ得るものへとなってしまった。

部員たちの心は浮かれていた。だけど、拭いきれないシミもそこには存在した。

「けどよお、結局それ、肉体労働担当ってことだろ。手が足りないから、知識足りないヤツでもコキ使ってやるってことじゃないか。体のいい使いっ走りと何が違うんだ？　都合よく利用されるだけの関係なんてごめんだぜ」

その声にまた部員たちは静まり返ってしまった。山太が何か反論しようと口を開く。それを遮ったのは、千空の厳かな声だった。

「……そうなのか、大樹？」

「いや、違うぞ」

幼なじみの問いかけに、大樹はこともなげに答えた。

「千空は、親友だからな」

あたりがシンと静まった。千空とは違う、合理的でも科学的でもない言葉。それが、逆に彼らの心を波立たせた。

「よっしゃ!!」

沈黙を破ったのは、決意に満ちた大きな声と、ギターの弦が揺れる音との不協和音だった。その場にいる全員が、音の主、ナイス先輩を見つめた。

「俺は、手伝うぜ」

「おい、マジかよお前。部長のことは……」

「おい、千空、お前言ってたよな。十酸化アホリウムがどうとかよ」

ナイス先輩は仲間の声を無視して、千空に語りかけた。

「アレ、ウソだろ。調べたぜ」

大樹と山太が目を見合わせる。

「俺は今までナイスな音楽のこと以外、何もわからなくていいと思ってた。でもお前にだまされてたってわかったとき心底思ったぜ。『知らねーってことは怖え』ってな。だけどもう一つわかったことがある」

彼は千空に、ではなく他の部員たちに伝えるように叫んだ。

「『知ってる』ってのは死ぬほどおもしれえ！　炭酸なんてのは自販機かコンビニで買うもんだと思ってた。だけど知ってさえいたなら、自分で作れんだ」

先輩は千空の方に向き直った。

「ナイスな『炭酸』飲ませてくれた礼だ。付き合うぜ、親友」

「わたしも!!」

小さな手が上がる。ふわりとサイドテールが揺れる。料理部先輩だ。

「わたしが料理部にまた顔出せるようになったのも、千空くんのおかげ！　それにカルメ焼きもジュースもオブラートもおいしかった！　ロケットはおいしくなさそうだけど……

楽しそうだからやりたい!!」

「俺もやるぜ。カンニング講座は初めて聞いたオモレー授業だったし……。ロケット作ろーなんてシックな苦労……やってやろーって気にもなるさ」

ヒップホップ先輩は白衣に挟んでいたサングラスをその目にかけて、戦闘準備完了といった様子だ。

サンダースプリット先輩も、タケミカヅチ先輩も、トールハンマー先輩も参加の意を表明した。気づけば全部員の半分ほどが、千空の側に立っていた。スクラッチ先輩や少年ジャンプ先輩は、千空に歩み寄ろうとしなかった。最後に、山太が手をあげた。

「千空、お前が前に言ってた『科学は世界の全て』ってこと、ようやくちゃんとわかった気がする。ルールは好きだよ。世界に隠されているルールを発見して検証していく過程なんて、どこ切り取っても幸せだろうし、ワクワクしてくる」

「きしょ」

「茶々いれないでください先輩……とにかく、今はそうなんだ。だけど昔は違ってた。ただ火の形をボケっと眺めてたり、砂糖がミルクに溶けるのを面白がったり、月の満ち欠けを不思議がってみたり……ロケットが空に飛ぶのを大騒ぎして見てみたり」

山太はズレていたメガネをシャンとかけ直した。

「どれもこれも『入り口』だったよな。どうせやるならさ、でっかい入り口にしようぜ。科学部だけじゃなくて、学校中、世界中、丸ごと入れるようなさ」

山太が入ったことで、過半数の人間が千空に協力することになった。これは今までの科学部では考えられないことだった。千空は大きく息を吸い込んだ。

春にしては少し熱い空気が肺を満たし、血液に溶けて、体中を巡っていく。酸素の、生命の循環。それはいかにも自己完結的に見えて、そのくせ外気の吸入なしには存続できない。人間とはその程度のものだと、科学者たる彼は理解していた。

「……これだけは言っとくぜ」

千空は協力を拒んだ部員たちに向かって語りかけた。その言葉は力強くはあったけれど、尖ってはいなかった。

「『俺が百人いたら、最高のロケットを作れるか？』。答えはノーだ。いくらコピーしても所詮は一人。絶対に埋まらねえもんはある。これはれっきとした科学の話だぜ。生物の遺伝子は変異を受け入れることで全滅を避け続けている。『違う』ってことが最大の武器になる。『多様性』こそがこの宇宙の最適解なんだ。だから……だから人はいつでも他(ヒト)を、お前らをも必要としている」

千空はあえて上を向いた。そこにいる無機質な塊を、その向こうにいる一個の人間を挑発するように見つめた。ドローンは操縦者の返答を反映するように、ゆっくりと彼方へ飛び去っていった。


「なんかワンピースにこういう島あったっすよね」

とは、なぜか前半分だけ真っ暗な部室に入ったジャンプ先輩の弁だ。

ペットボトルロケット最強決定戦を終え、広末高校宇宙センターが発足した。した、とは言ってもデカい望遠鏡が置いてあるわけでも、宇宙と交信できるパラボラアンテナが配備されているわけでも、無重力体験ができる施設があるわけでもない。ただ偏差値50を割る頭脳たちと、偏差値100億は下りそうにないトサカ頭がそこに在籍しているだけだ。

もちろん本拠地は科学部の部室・広末高校実習棟第二実験室なので、彼らの後ろでは既存の部員たちがちゃんとした部活動に勤しんでいる。格ゲーで対戦し、ドローンを飛ばし、スクラッチくじに精を出すその裏で、不届き者たちはロケット作りなんて反動的なおこないに手を染めているわけだ。

「あそこだろ。半分燃えてて半分凍ってるとこな」

「それっすね」

ジャンプ先輩が言ったのはその二分化のことだった。

(炎と氷の島……二分化された熱量……エントロピーにネゲントロピー……)

山太はその会話を聞いて、昔読んだ本の説明モデルを思い描いていた。高温と低温、もしくはコーヒーとミルク。全てを理解したわけではないけれど、とにかく熱力学第二法則に従えば、両者は不可逆的に混ざり合ってめでたしめでたしだ。

ただその法則は科学部の人間関係までも担保してくれるわけではないだろう。結局、その法則と人間を繋ぐのは、科学マンたる自分たちの役目。だから今日も千空は、ロケット組のみならず、教室全体に伝わるように科学のスゴさを見せつけている。

「……やっべえ。これ、宇宙に浮かんでるのか?」

今や部屋中の視線が、照明の落ちた実験室の、明るいスクリーンに注がれていた。

映っているのは、千空と大樹、杠を模した可愛らしい編みぐるみ。そんな微笑ましい人形たちが、漆黒の宇宙に浮かんでいる。下方には、その雄大さの一端を覗かせる青い地球。奥には人形を祝福するように光の輪を投げかける白い太陽。それはどこまでもシュールで、受け止めきれないほど神秘的な写真だった。

「これが前回のローンチの成果っちゃあ成果だな。まだまだ宇宙には遠いが……」

千空が自負と不満の入り混じった表情で写真の解説をする。

『勉強会』。それが本日の趣旨だった。最低限の知識の補充、目標の確認。座学なんて、この部室で最も怖(お)じ憚(はばか)るべき方式だけれど、それも自分たちが何をしているのかわからない状態で作業はしたくない、というロケット組の要望あってのことだった。

「この場合の宇宙ってのは……カーマン・ラインだっけ？　たしか高度一〇〇km……」

「ああ、だから今回の俺らの大目的はカーマン・ラインへの到達だ。そのために必要なのは超強力ロケットエンジン。ロケット＝(イコール)エンジンだ。これさえ作っちまえば、ほとんど成功と言っていい。姿勢制御や誘導は、前回のノウハウが使えるからな」

「強力って、どれくらい？」

「秒速八km弱。第一宇宙速度ってヤツだな」

「え？　てか、外は？　外装？　装甲？　あの……ロケット形の。あれも作るんだろ」

「あんなんただの容器だ。どうせ燃え尽きるしな」

「ひでえ。お前、この前のイカロスのくだりは何だったんだよ」

「乗り込んで旅行するわけじゃねえからな。行きだけ保(も)てばいいんだよ」

「とんだ天国への片道切符だね」

「エンジン作成の手順はこうだな」

千空がスクリーンに一つの図を表示した。フリーのイラスト素材を引っ張ってきたのか、可愛らしい絵とともに、完成までのチャートが記されていた。

「ステップ1！　できあいの燃料噴射器（インジェクター）で水流し試験！　ステップ2！　実際の燃料使っての燃焼試験！　ステップ3！　空に打ち上げるフライト試験！　全部クリアすれば完成‼」

「すごい！　料理よりカンタン‼」と料理部先輩が両手を上げる。

「ぜってーウソだぜってーウソだぜってーウソだ。まわりにめっちゃ細かい文字でめっちゃ何かめっちゃ書いてあんじゃん」

「エンジンは二個作るから、これをもう一セット」

千空がしれっと付け足す。

「え、ノルマ倍増してるんだけど。ブラック企業かよ」

「心配すんな。二段目はメインエンジンよりずっと小せえ」

「そもそも何で二個もいるんだよ？」

この手の疑問を一つ一つ潰していくのが今回の趣旨だ。千空は説明を始めた。

ロケットの性能はエンジンの『比推力（ひすいりょく）』で決まる。ようするに、より少ない推進剤（燃料）でより大きな推力を出せれば、それが優秀なエンジンだと言える。

「少ない消費ＭＰでクソ強い魔法撃てたらそれが最強ってことだ」

とは部員の九割を納得させた千空先生のたとえ話だ。

またもう一つ重要な要素として、『構造効率』が挙げられる。簡単に言うと、ロケット全体の重量における、推進剤の重量の割合が多ければ多いほど、ロケットの速度に有利に働くということだ。

「それって矛盾してへん？　今回作るのは二段組なんやろ。今の説明やと、もう一個のエンジンと推進剤の重さが加わったら不利になるんちゃうの？」

「二段目の点火には一段目の速度が乗るんだよ。全力疾走中に加速をかけるから、効率的に速度が出せる」

「なるほど。ダッシュボード踏んで加速したあとにダッシュキノコ重ねるようなもんやな」

「ねえ、そろそろゲームでたとえるのやめない？」

「だってわかりやすいやんかー」

タケミカ先輩の指摘にゲーム大好きサンダー先輩が情けない声を上げた。

その後も質疑応答は続いた。元々知識の無い連中ではあるけれど、おおよその質問は千空がわかりやすく噛み砕いて説明するおかげで、何とか理解の対岸までこぎつけることができた。

それでも内容が内容だけに、消化しきれない謎も存在した。普段の彼らなら、そういうことがあるとすぐにペンを投げ出した。机から離れた。無かったことにした。でもこのときに限ってそんなことは起こらなかった。

(真摯……だもんな)

傍から見ていた山太が出した答えがそれだった。このときの先生……千空は、決して生徒を見放さなかった。嫌な顔一つせず、バカにした素振りもなく、どんな幼稚な疑問にも、初歩的な間違いにも真剣に向かい合っていた。

ようするに千空は、信頼するに足る、良い先生だった。

「えー！　あの人形燃えちゃってるの!?　地球の周りグルグル回ってないの？」

タケミカ先輩が残念そうな声を上げる。マジメな勉強会の話題も楽しく逸れはじめ、ロケット打ち上げに関連して、人工衛星と周回軌道の話になった矢先の出来事だった。

「周回するには高度が足りねえからな。大気の断熱圧縮でソッコー燃え尽きてるよ」

「残念……可愛かったのにな」

「周回を安定させるには最低でも高度二〇〇km以上が必要になるぜ」

「そこまでいけば落ちてこないのね？」

「正確に言えば『落ち続けてる』んですけどね」

　山太の言葉を聞いて、ロケット組が一斉に振り向いた。

「オイオイ、無重力ちゃうんかい」

「重力はあるぜー。国際宇宙ステーションのある高度四〇〇㎞でも、地上の九割は重力が効いてんだよ」

　疲れたのか、千空は着ているシャツの胸元をだらしなくパタパタしている。

「静止衛星とかでも、本当は楕円（だえん）の軌道に沿って落ち続けてるんですよ。ただ落ちる先の地表……地球が丸いから、いつまでも地面にぶつからないんです。高度を上げれば空気抵抗もほとんど無くなるから、延々回っていられる」

「そっか静止衛星って止まってるみたいなオーラ出しといて、本当は落ち続けてんだな。オレの偏差値と同じじゃん。ハハハハハハ」

　話を聞いていた偏差値三十五先輩が面白くもない自虐ネタで勝手に笑いだした。楽しい質問会から一転、教室中がシラけた空気で満たされる。『お前バカなのとつまんねーのは偏差値だけにしとけ』とはみんなの心の声だ。

「ハハハハハ。上手いこと言うじゃねーか」

　部内の何ともいえない空気にヒビを入れるように、太い哄笑（こうしょう）が響いた。

　え、これで笑うの？　とすら、誰も思えなかった。

異質な沈黙が教室を包む。笑っているのは部長だ。その立場の強さから、というよりは、いかにも間を外している不気味で自虐的な笑いが、彼らを不安な気持ちにさせた。

『間を外す』・『間が抜けている』。これらはたしかに広末高校科学部員の得意技に違いなかった。色んな物事から抜けて、外れて、彼らは今この実験室に身を寄せている。

だけど石神千空とかいう、もはや何が何から外れているのかもわからない規格外が科学部に来て、部員の半分は、ロケット作りとかいう並外れた事業を始めた。外れて、外れて、気がつけばなかなか良い感じの軌道に乗っている自覚が、彼らロケット組にはある。

たしかに科学部員は、静止衛星のように、止まっているように見えて永遠に落ち続けていた存在なのかもしれなかった。彼らのリーダーで、理解者で、保護者たる部長は、次々とそんな軌道を離脱する部員たちを尻目に、それでも間を外した自嘲の笑みに浸っている。

部長は部員たちをこれまで庇護してくれていた。だから白衣を着たロケット組ならずとも全員が、部長の病んだ笑いをどうにかしたいと思った。彼らはそれを為す可能性がある男の顔を見た。視線の先には、石のように硬い意志に満ちた、千空の瞳があった。

治してくれよドクター・ストーン。イシのお医者さん。バカにつける薬が無いのは知っている。だったらせめてその科学で、オレたちをこの落ちこぼれの軌道から、第一宇宙速度以上の超スピードでぶっ飛ばしてほしい。

そんな部員たちの願いは、部長の寂しい笑いとともに実験室を飛び出して、夕焼けの赤い光の中に消えていった。

「はー、ようやく着いた……」

ナイス先輩のため息とともに、床に投げ出された金属パイプの束がガチャガチャと鳴った。だけどそんな耳障りな音も、お祭りのような喧騒(けんそう)に軽く紛れてしまう。

彼ら運搬係がたどり着いた第二実験室はさながら大人気の工房のようだった。エンジン作りが始まり、あっちゃこっちゃに資材が氾濫し、あっちこっちでジャージを着た部員による日曜大工のような作業が営まれている。その横では非ロケット組が通常の部活を滞りなく進めているのだから、控えめに言ってもカオスだった。

「完成！　ユズちゃんすごい！　ありがと！」

タケミカ先輩の声が雑音を縫って飛んでくる。そこでは杠や料理部先輩などの女子組が、完成させたブツを囲んでハイタッチをかわしていた。

女子高生らしくキャピった雰囲気を醸し出しているものの、彼女らが作ったのは、ホー

ムセンターの鋼材を組み合わせて、上部をベニヤ板で覆った四角く無骨な箱。鉄の骨組み丸出しの、およそ女子力とは無縁の物体だ。

「お、テストベンチ完成か。次はパイプカッターでこれの切断頼むぜ。長さは設計図通りで、バリはちゃんと取ってくれよ」

千空がさっき到着したパイプ一式を杠に丸投げする。実際、外部助っ人の彼女が一番実務上の役に立っているので合理的な判断だと言えるけれど、さすがの容赦なさだった。

「ワァオ……また全然可愛くない作業……」

「ククク……面倒なら手伝わなくてもいいんだぜ。善意の手芸部さん」

「いいよ。前回は最後だけの参加だったのに、ロケットに名前書いてもらって、打ち上げにも呼んでもらったし……今回は部活が休みの日はできるだけ手伝う」

「そりゃ千人力だ」

「大丈夫！　編みぐるみほどじゃないけど、このパイプもツルテカして可愛いよ！」

料理部先輩が謎の感性を発揮する。

「さすがにそれは……ってちょっと、千空くん、あの人形見せたのー!?」

顔を真っ赤にして叫ぶ杠を尻目に、千空が隣に来た山太に話しかけた。

「タンクとボンベは……まだか？」

「俺らと一緒に出たけど、あっちは四つもあるからな。燃料用と酸化剤用。あとそれぞれの加圧に使うガスが入ったの。重いだろうし、さすがに分けて運ばなきゃ」

「あー、『重量』は大して問題じゃねえんだよ、アイツの場合」

山太が首をかしげると同時に、部室のドアがガラガラと開いた。

「すまん、道に迷って遅くなった!!」

その声の大きさとあんまりな内容に、部室にいた人間全員がドアに注目する。そこには一m近くある容器を二本ずつ両脇に抱えた大木大樹の姿があった。

「大樹くん……よく一人で持ってこれたね」

山太が目を丸くしている。もろもろ全部合わせて数十kgはくだらない荷物のはずだけど、大樹は息も切らしていない。

「これでモノは全部揃ったな。杠、パイプはどうだ」

「もうすぐだよー。今コツつかんだとこー」

「え、パイプカッター渡したのさっきだよ!?」

山太は驚いて振り向いた。

杠はさっき手渡されたばかりのパイプカッターを、まるで十年慣れ親しんだ道具のように使いこなしていた。レンチのような『コ』の字部分にパイプを挟み込み、クルクルと回

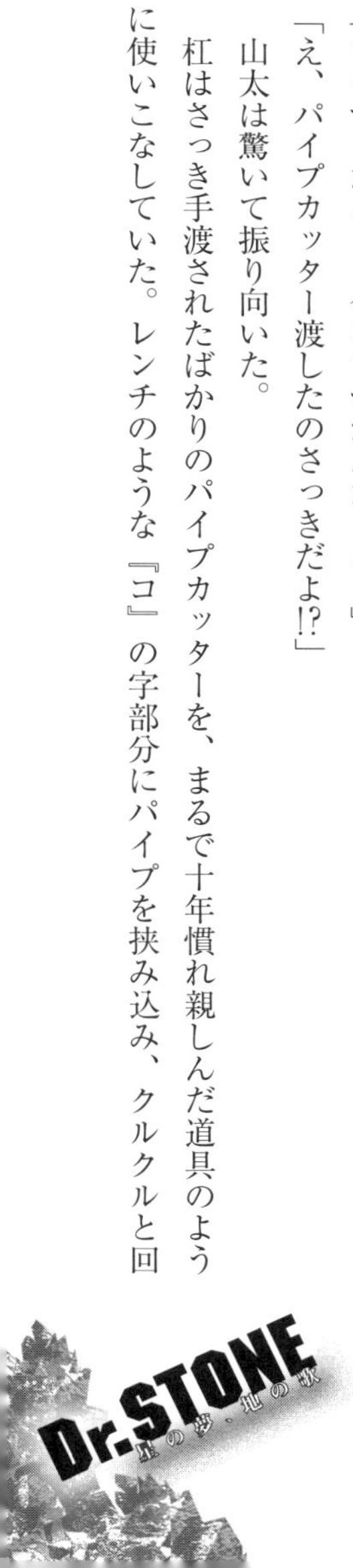

して内部の刃で切断する。この一連の手順を他の部員と比べても一万倍は素早くこなし、しかも乱れがちな切断面の美しさは群を抜いていた。

「最強じゃん、この三人……」

千空の頭脳は言わずもがな。自分を雑アタマと謙遜していた大樹は、無尽の体力と腕力で運搬や大掛かりな組み立てに大活躍するだろう。杠は主に手作業でチート級の器用さを発揮し、それに何よりすごく可愛い。

旧ロケット班のこの三人は、どう考えても最強のクラフト三銃士だった。

(これ……マジでいけるやつだ)

山太のみならず、他のロケット組も高まる鼓動を抑えられなかった。

正直、頭でっかちの印象を拭えない千空と自分たちだけで、ロケット製作という想像もつかない工程を渡り切る姿を、彼らは想像できていなかった。でも、怒涛(どとう)のように作業をこなしていく他の二人の存在が、その不安を払ってくれた。

「一年に負けてられへんな。千空、次はどないする!?」

サンダー先輩がジャージの腕をまくり上げる。他の部員たちも気合いに満ちた表情で自分たちの作業に取り掛かった。

「燃料噴射器(インジェクター)をセット……お、めっちゃナイスにハマるじゃねーか」

「そういう風に作ったからな」

女子力の産物、テストベンチ。人一人が座れるくらいの小さな背の低い腰掛け(ベンチ)の中に組み込まれた四角いプレートに、円形の金属パーツがすっと取り付けられた。

このパーツ、インジェクターは、一見ただのプレートだけど、細かい穴がいくつも空いている。燃料噴射器の名の通り、ここからロケットの燃料が噴き出されるわけだ。

「ま、実際に見てみたら単純な仕組みだよな」とナイス先輩が鼻をこする。

「見てくれはな。インジェクターの穴は中で角度つけながら空けてるんだぜ。設計も加工もクッソ面倒なんだよ」

「ありがとー。千空が3分クッキングみたいに仕込んでできあいのインジェクター」

「しかし、組み立てもこっからが本番だろ」

ヒップホップ先輩がベンチを指差す。ベンチの上は本当の腰掛けのようにベニヤの板が貼られていて、その脇には大樹が運んできた円筒形タンクが二つ、ドンと置かれている。

「あの二つが燃料と酸化剤のタンク。……今回はまだ水道水での実験だけど、あれからこっちのプレートまで水を流すための配管工事がこれからの仕事。で、その配管図ってのが……」

千空が「ほらよ」と紙に印刷した設計図を提示した。そこにはまるで迷路のように入り組んだゴッチャゴチャが描かれている。ナイス先輩は顔をしかめた。

配管は、単純に燃料とインジェクターを直結させればいいわけではなく、タンクの燃料を流すための加圧ガス、その通り道も確保しなければならない。

「もういい、もういい。ナイス過ぎて十秒以上見ると頭が痛くなる」

「なあに、やり始めりゃすぐだ。マリオみたいに配管工を楽しもうじゃねーか」

と横にいたヒップホップ先輩がグラサンをずらして輝いた瞳を覗かせる。

「コインどこだー。スターどこだー」

「文句言うなよギター・フリーク。星（スター）ならあるぜ。俺らのロケットを飛ばしたその先にな。ほれ、レッツ・スタート」

「おぅいえー！　ぶらざーあんどしすたー！」

タンク周りで別の作業をしていた料理部先輩の気の抜けるかけ声で、配管工事はスタートした。杠が切ったパイプを山太たちが運んできたバルブで繋げていく。

……その様子を、ジャンプ先輩は実験室の隅からじっと眺めていた。

「おい、ジャンプまだかよ」

急に投げかけられた部長の声に、ジャンプ先輩は我に返ったように体を震わせる。

「すいません！　もうすぐ終わるっす」

「……あっちに参加してもいいんだぜ。ジャンプは俺が先に読んどいてやるよ」

「いや、いいっすよ。あんな水遊び……」

水遊び。たしかに何も知らない人がロケット組の様子を見れば、まるで子どものように水で遊んでいるだけに見えるかもしれなかった。

おお、という歓声とともに向こうから拍手が沸き起こる。

見ると、先ほど取り付けたインジェクターのいくつもの穴から赤と青の水が噴き出し、それぞれが激しくぶつかり、混ざり合って、紫色の霧が幻出していた。

「すげえ……紫の雨（パープルレイン）……っていうか紫のけむり（パープルヘイズ）だな」

ナイス先輩が感嘆の声を漏らす。その横では千空が不思議そうな顔をしている。

「誰だぁ？　水に色付けたの」

「はい！」と料理部先輩の小さな手が元気よく上がった。

「キレーでしょ！　前に千空くんからもらった食品着色料を仕込んでみました！」

「ま、まあ配管にトラブルあったときにわかりやすいかも……」

山太が感心半分、呆れ半分でフォローを入れた。

「あ？　別にわざわざ色分けしなくても大体わかるだろうが」

風流を解さない千空が口を挟む。サンダー先輩が口をとがらせた。

「だまれや科学オバケ。そんなんお前だけじゃい」

「俺もわかりやすくていいと思うぞ」

「うん、それにやっぱり綺麗で面白いし」

大樹と杠も加勢に馳せ参じる。千空は苦笑いを浮かべながら、みんなが作り出した紫のきらめきを見ていた。

「ま、色はともかく、ちゃんと衝突して微粒化するのは確認できたな」

「タンクの赤い水と青い水がそれぞれガスに圧されて配管の中をつたって、インジェクターの穴から噴き出して、それがぶつかって……なんでわざわざぶつけるんだ？」

ナイス先輩が設計図を見ながら疑問の声を上げた。

「ぶつけることで今みたいに微粒化するんだよ。チョロチョロ流れてる液体に点火するより、万倍パワーが出る」

「細かい粒に分かれて総表面積が大きくなるほど、燃焼の威力が上がるんです。『粉塵爆発』って聞いたことありません？　あれと一緒の原理なんですけど……」

（粉塵爆発……って前読んだバトル漫画であったたな）

雑誌を広げながら話を聞いていたジャンプ先輩が、とある漫画のワンシーンを思い浮かべた。こんなところでも、自分は科学と繋がっている。

「おし、再開すっぞ」

紫の噴水が終わり、千空が再び動き出した。科学部員たちも、一斉に立ち上がる。各々が、各々の配置につく。もう一度科学の水遊びを楽しむために。空にまで届く噴水のような、彼らの大それた夢を現実にするために。


その後も水流し試験は、それこそ流水のように滞りなく、とはいかずとも、多少のトラブルを挟みながらもスイスイと続いていった。

最初は半信半疑のふわふわした気持ちで参加していたロケット組たちも、思いのほか自分たちでもできることがあるもんだと認識を改めていった。

極端な話、実験を記録するカメラを回すだけでも、濡れた机を雑巾で拭くだけでも、ありがたい貢献になる。たしかに簡単な雑用にすぎないだろうけれど、その雑用を省いての実験なんてのもまたありえないことがわかってきたのだ。

だから千空が水流し試験で得られるデータをまとめて、次のステップへの進行を宣言したときには、すでに彼らはノリッッノリのどんとこい状態にまで高まっていた。

「お前ら、次は火を使うのか？」

置物のように座っていた部長が、いきなり千空たちに声をかけるまでは。

「ああ、燃焼試験はさすがに部室じゃ無理だけどな。海岸か昔俺が使った川沿いか……。目立たないとこでコソコソやるさ」

千空が平然と答えるそばで、部員たちは部長がいきなり何を言い出すか、ヒヤヒヤしながら聞いていた。これまで徹底してロケットへの不干渉を貫いてきた部長だ。千空への敵意は明言していた通り。何が起こったっておかしくはない。

だからこそ、部長の次の言葉を聞いた彼らは、自分たちの耳を疑った。

「気ぃつけろよ」

「……おう」

心配している。部長が。気遣っている。自分たちを。

ありえない、と思うのは部長の人格を否定しているからではない。あの小園という三年生はどちらかといえば千空寄りの人間で、気遣いや思いやりをあからさまに口にするタイプではないからだ。

何かがおかしい。何かが今までと違っている。彼らが導き出した答えは……。

「デレた！　もうデレやろあれは！」

サンダー先輩の声が、人気のない河原に響く。一様にツナギを着込んだロケット組の面々は、腕を組みながら何度も首を縦にふっている。

「ツンからのデレ。その振れ幅が、部長の口からあんな恋する乙女のようなセリフを」

「おい、実験はじまんべ！　お前らおしゃべりはやめやめ」

と一人の部員がおしゃべりな部員たちを注意する。

「はいはい……ってかオメーは新入りのくせに何でしゃしゃってんねん」

それは、途中参戦をキメたジャンプ先輩だった。

来る者は親でもコキ使うロケット組に、彼の転身の是非をとやかく言うヤツはいない。ほとんどのメンバーは新しい雑巾が一枚追加されたくらいに捉えている。

「何するのかもわかってなさそうよね」

「ナメんなナメんな。燃・焼・試・験、だろ。水遊びはともかく、火遊びと来たら参加しねーわけにはいかねえべ。アウトローの血が騒ぐぜ」

「ククク……火遊びか。まあそんだけじゃねえけどな」

千空が河原のハゲた土の上に置かれた、銀色の大きな釣り鐘のような物体を指さした。

「今日からガチの燃料と酸化剤を使うぜ。ケロシン……灯油と、あのデュワー瓶に入った低温物質……液体酸素だ」

「出た！　液体なんちゃらシリーズ！」

「なーんですぐ液体にしたがるかねえ」

ジャンプ先輩が漏らした一言に、二人の部員が振り向いた。

「気体より液体の方がはるかに体積少なくていいじゃない」

「比推力と質量比考えたら、ロケット的には超ナイスだろ。液体酸素って」

「お、お前ら……」

ジャンプ先輩が目を丸くしてトール・ナイス両部員の顔を見比べる。

「急に天才みたいなこと言ってんじゃねー！　少し前まで一緒に死んだ目しながら漫画回し読んでた仲よ、おれら!?」

「いや、だってねえ……」「こんだけ手伝えばこれくらいはなあ……」

「す、すっげーな、千空」

ジャンプ先輩の目は、この二人の元ミジンコを人類らしきところにまで進化させた科学の先生に注がれた。

「何でもいいけど、少なくとも楽しい火遊びってわけにはいかないよね。燃料はもちろん、液体酸素も、前の液体窒素と同じですごく冷たいんでしょ。凍傷とか注意しないと」

タケミカ先輩がふざける男たちをたしなめる。

「そういうこった。燃焼試験は火属性と氷属性の合わせ技。今までとは段違いに気をつけるべきことは増える。ロケットエンジンの開発に爆発はつきもんだしな」

千空の説明をそばで聞いていた大樹がウンウンと頷いた。彼の頭には、これまで巻き込まれた様々な爆発シーンがよぎっているのだろう。

この実験の危険性を改めて認識したのか、みんなの表情が少し硬くなった。千空はそんな彼らの警戒心を嗅ぎ取ってか、あからさまな笑みを浮かべた。

「ま、っつっても手順さえ守ればそこまでヤベーことは起きねえ。適当言ってるんじゃねえからな。爆発の規模にしたって、燃料の量に比例するってだけの話だ。ご期待に添えなくて悪いが、これっぽっちじゃ映画みたいな大爆発にはならねえよ」

千空の科学的なお墨付きに、全員の表情と緊張が緩んだようだった。

このあと彼らは燃焼試験の手順や気をつけるポイントについて説明を受けた。

低温の液体酸素は、タンクが冷えた状態じゃないと、一瞬で蒸発して中に溜まらなくなる。逆にインジェクターは液体酸素の影響で穴が凍りつくことがあり、こっちの対策も必須となる。

また燃焼室（チャンバー）という円筒形のパーツも初登場した。この筒の内部はインジェクターから噴き出した燃料に点火して燃焼させる場所で、常に高温にさらされるここには、逆に熱を遮

断するための耐熱材(アブレータ)が使用されている。

「かたや灼熱(しゃくねつ)のウン千℃。かたや極寒のマイナスウン百℃」

「ほんとにめんどくせえな。ワガママ放題じゃねえか、ロケットエンジン」

「低温と高温、両方のご機嫌取りが必須だからな。俺もガキのときは苦労したぜ」

「どんなガキだったんだよ、千空っち……」とジャンプ先輩が引き気味にツッコんだ。

「火には気をつけろよ。部長の遺言だ」

ナイス先輩が場を茶化(ちゃか)す。料理部先輩が楽しそうに微笑んだ。

「死んでないよ。またドローン飛ばしてるよ、きっと」

「心配、してくれたもんな。うっとーしがられても、ちゃんと元気に報告しようや」

サンダー先輩のそれが、シメの言葉になった。そのあとは全員が持ち場について、言葉少なに作業に没頭した。ジャンプ先輩も初めての実践を、おっかなびっくり進めていた。

彼らには仲間が増えた。もしかしたら、明日にはもっと増えているかもしれない。いつの日か部長も、彼らを手伝ってくれるかもしれない。そういった希望が、困難な実験に向かう彼らを勇気づけていた。

部長が第二実験室から消えたのを知ったのは、次の日のことだった。

第二実験室には、大きな椅子があった。安楽椅子だった。

放課後にだけ現れるその椅子には、いつも一人の男が座っていた。幅広な体を窮屈そうに押し込んで、ほとんど誰も立った姿を見た覚えがないほど、ずっとそこに座っていた。座って、心だけはドローンに乗せて空を飛び回って、体は頑なに無為を為していた。

それはまるで大きな木が一本生えているみたいで、その木陰に集った落ちこぼれたちが科学部だった。だから、その木が根こそぎ抜けてしまった部室は、木漏れ日の失われた真夏のだだっ広い公園のような居づらさを部員たちに与えた。

主のいない安楽椅子には、黒いドローンだけが抜け殻のようにポツンと置かれていた。

「俺な、今まで部長はラスボスやって思ってたわ」

サンダー先輩がそのドローンを撫でながら千空に言った。

「部長さえ倒せば……デレてくれりゃあ万々歳で、そのままエンディングやって」

「ま、自分の意志でいなくなったもんはしかたねえ。それより実験の時間だぜ」

「このドローン、昨日壊れて飛ばんようになったって……。千空、直されへんか？」

先輩がすがるような目を千空に向ける。

「それが原因でいなくなったと思うなら、新しいモンでも買ってやりゃあいいだろ」

「原因……」

全員それは何となく察しがついていた。ドローンの故障はキッカケに過ぎない。

部長は部員たちにとっての雨傘だ。傘は、雨が降らなければ必要にならない。日差しが強くなければ広げることもない。役目が終われば、いる意味はなくなる。

「……今日の実験は俺抜きでやっといてくれ。部長に会ってくるわ。どこにいるかわからんけど……。今まで甘えるだけ甘えて、このままバイバイってわけにはいかへんやろ」

「いや、待て」

周囲の部員たちを押しのけて去ろうとするサンダー先輩を制止する声。スクラッチ先輩が、手を止めてこちらを見ている。

「お前ではダメだ。千空が行け」

「あ、何でだよ」と千空が顔をしかめる。

「たぶん、小園はお前と話したがってるはずだ」

スクラッチ先輩の声色はどこまでも真剣だった。

「野郎にそう思われてもぞっとするだけなんだが……」

「オレも、お前らを手伝うぞ」

先輩の言葉に千空の眉がピクっと動いた。

「説得しろなんて言わないさ。会ってくれさえすれば、オレもお前らのロケットを手伝ってやるよ。猫の手も借りたいんだろ」

「ククク……ハズレすぎてくじ買う金もなくなったのか？　ま、ただ『お願いします』と丸投げされるよりかは、メリットを提示するだけ合理的で唆る提案だが……どこにいるかもわからねえとなるとな」

「場所ならわかる。科学部の部室……たぶん実験室だ」

周りで聞いていた山太が、顔に疑問符を浮かべた。

「それってここじゃあ……」

「ここは第二実験室。一・二年は使ってないかもしれないが、本校舎に『第一』がある」

スクラッチ先輩は頭を下げた。

「そこにいなかったらもう諦めていい。だから……」

先輩の言葉をさえぎるように、千空が立ち上がった。

「千空！」

懇願するように叫ぶ部員の声をうるさそうに払いながら、千空は先輩の手から、部長の

残したドローンをひったくった。手に持ったそれは、思っていたよりも軽かった。

「ま、この不法投棄のポンコツを突っ返すくらいはしてやるよ。説得なんてしねえからすぐ戻るぜ。お前らは実験の準備しとけ。サボんなよ」

白衣をひるがえして、千空は部室を後にした。

残されたロケット組にスクラッチ先輩が語りかけた。

「小園は『ラスボス』なんかじゃないぞ」

「え？」とサンダー先輩が目を丸くする。

「あれは『ヒロイン』だ。気色悪いことにな。だから迎えに行かなきゃいけないんだよ。一番かっけえ男が」

そう言ってスクラッチ先輩は、祈るように目を閉じた。


実験室のドアは鍵を使わずともゴトゴトと開いた。千空の鼻がホコリの匂いを捉えた。

そこは古びてはいるものの、作り自体は第二実験室とそう変わらなかった。大きな机が床から生えているみたいにいくつも置かれていた。それぞれの机には水道もついていた。蛇口を回せば、第二実験室と同じ水が流れるかもしれなかった。

でもここには、昇竜拳のかけ声も、唐揚げの焼ける匂いも、大きな安楽椅子も、何もなかった。ただ嫌になるくらいまぶしい春の陽光が、この部屋の過去と現在を明確に照らしていた。

　窓際の机の上に、白衣を着た男が腰掛けていた。その大きなシルエットは、空っぽの部屋に仄白(ほのじろ)い色彩として浮かんでいた。普段は不遜に構えている彼は、机から投げ出された足を弱々しく揺らしていた。その弱々しさは、この捨てられた部屋の寂しい雰囲気と調和しているようにも見えた。

「……何だ？　修理でもしてきたのか？」

　千空が手に持ったドローンを見て、部長は口を開いた。彼の声はあいかわらず太かったけれど、少し空虚でもあった。

「二年にも頼まれたが、他にやるべきことが山積みなんだよ。ロケットの誘導や電子制御……プログラム関連は、さすがに俺一人でやらなきゃならねえからな」

「やっぱり気のきかねえ一年だぜ」

　そう言って部長は黙り込んだ。千空も言葉を発しなかった。しばらくの間実験室には何かの鳥と元気な学生の声だけが、安っぽい環境音のように流れていた。

「昨日の燃焼試験は、上手くいったのか？」

　先に口を開いたのは部長だった。それは間を持たせるためというよりは、心に刺さった

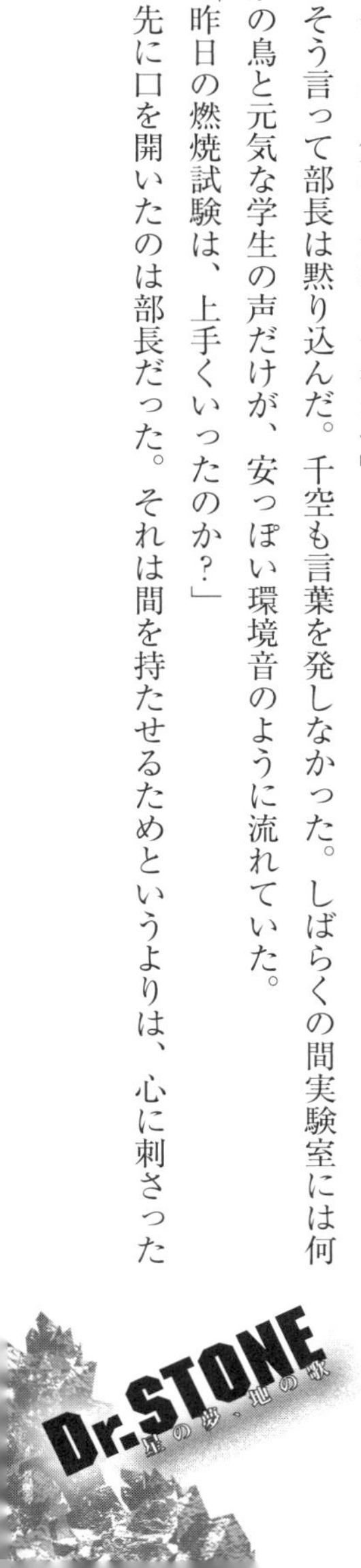

トゲを持て余した結果、口をついて出たものらしかった。

「あ？　決まってんじゃねえか」

千空の断定的な口調に、部長の口元が自嘲気味に引き締まった。

「失敗ばっかだよ」

部長が意外そうな表情を浮かべた。

「液体酸素の蒸発、インジェクターと配管の凍結、高熱によるパーツの歪み……最初に注意したのはほとんど全部起こったな。まだ燃焼までいってねえ。ただの噴射実験だ。ま、甘く見積もっても半歩前進ってとこだ」

「それでいいのか？　ロケット飛ばそうってヤツが……」

「当然だろ。一回も失敗しねえまま進んでく方が逆に怖いぜ。失敗なんて、原因探って次に潰せばいいんだからな」

千空の言葉を聞いた部長は天井を仰いだ。そして、自分が腰掛けている机を優しい手つきでそっと撫でた。

「お前、アインシュタイン知ってるだろ」

口から出たのは科学部らしくもあるけれど、少し飛躍した言葉だった。

「特殊か？　一般か？　どっちでも説明してやるぜ」

「エニーワン・フー・ハズ・ネバー・メード・ア・ミステイク……ハズ・ネバー・トライド・エニシングニュー……だっけか」

部長がたどたどしい英語を口ずさむ。千空は頭をひねった。

「『失敗したことがねえヤツ……は何も新しいことに挑戦してこなかったヤツだ』……？　偉そうな言葉だな。関係代名詞の例文にでも出たのか？」

「アインシュタインの名言（メーゲン）だとよ。相対性理論は語れるのに、これは知らないんだな」

「科学者だからな。論文に書いてなかったのは間違いないぜ」

「お前らしいセリフだよ」

そう言うと部長は机から降りて、年季の入った床へと足をつけた。千空の目に、彼の白衣の背中が映った。部長がひとり言のようにつぶやく。

「何か新しいこと……anything new……」

「never の否定が効いてるから any~ なだけで、普通に言えば something new だぜ」

「知ってるよ、科学者。さすがに『作者の気持ち』は解さねえか」

千空はどうとも答えなかった。ただ部長の背中をじっと見つめていた。

かつて山太が指摘した茶色いシミはむしろ背中の方に大きく広がっていた。これまで椅子にもたれることで隠れていたそこには、茶色よりも激しく、痛々しく黒に染まっている

箇所もあった。そしてその黒い傷は、彼が今まで座っていた机にも、その周りの床や壁にも広がっていた。

「……千空、お前に頼みたいことがある。できるかできねえか、答えてくれ」

部長は意を決したように息を吸って、千空にある提案の可否を尋ねた。内容を聞いた千空は、その問いに答えるために口を開いた。


「聞こえるか？」「お前の声で聞こえへん」

「ねえ、デレた？　デレた？」「だから聞こえへんからしゃべんなや」

本校舎の廊下に詰めかけた科学部員たちは、周囲の好奇の目にさらされながらも、必死な形相で紙コップを耳に当て続けていた。

「これ全然聞こえへん、これ全然聞こえへん……あ、聞こえた」

「何て⁉」

「喋りとちゃう。足音が近づいて……」

「アホか！　バレんじゃねーか！」

ナイス先輩がサンダー先輩の頭をはたくのと同時に、実験室のドアが開いた。部屋を出た千空の目には、尻もちをついた先輩たちが映っている。

「お前ら……」

「いや、もう準備終わったし、様子を見に来ただけで……」

「ちげーよ。科学部名乗るならもうちょいマシな方法で盗聴しろ。しかもコップの向きが逆だ。耳は底。壁に口。そんなんでロクな伝導が成立するかよ」

先輩の耳の周りには少し大きめの丸い痕が残っている。

「いや、それより部長は……」

「早くどけよアホども、出れねえだろうが」

太い声が千空の後ろから飛んできた。そこに集った部員たちの顔が一斉に明るくなる。

「マジ!?　え?　オーケー!?　オーケーなん!?」

「いいからさっさと戻るぞ」

「オッケーやあん!!　千空アリガトー!」

「へえ、どうやって説得したんだ?」

スクラッチ先輩が、ニヤニヤと一年と三年を見比べる。

「言ったろ。説得なんてしねえって。ただ、聞かれたことに答えただけだ」

「……?　何て?」

「『できるか、できねえかは知らねえ。ただ、やるか、やらねえかなら答えは最初(ハナ)から決

まってる』ってな。オラ、行くぞ」

そう言って千空は一人さっさと部室に戻っていってしまった。

後に残された部員たちは、白衣を脱いだ部長の姿をマジマジと見つめている。

「何だよ、お前ら」

「いや、その……」

彼らは部長を引き止めるためにやってきた。そのための言葉も用意してきた。だけど帰還を祝福するためのセリフは、不安の中に置いてきてしまっていた。

言い淀む男どもを尻目に、料理部先輩が高らかに答えた。

「部長……立って歩けたんですね！」

「ハ！」

大きな口を開けて、部長はその戯言(たわごと)を笑い飛ばした。

「お前ら、やるぞ」

オス！という小学生じみたかけ声が放課後の廊下にこだました。部長はそれを嬉しそうに聞きながら、実験室のドアを静かに閉めた。

「三田(サンダ)はそこじゃねえ。お前にそんな細かいことができるかよ。配管のメンテは竹宮(タケミヤ)と槌田(ツチダ)に任せて、お前はボンベ運んでこい。立川(ナイス)と一緒にな、大雑把野郎ども。……甘梨(アマリ)はちゃんと手袋したか？　醤油(しょうゆ)垂らすのとはワケが違うからな。蟹江(カニエ)ェ！　このラッパー気取り！　ツナギはちゃんと着ろ。事故っても知らねえぞ」

天気は快晴。風は休憩中。川沿いのわりにはカラっとした陽気。総じて過ごしやすい時分、ロクに虫も住み着かない禿(は)げた河原に太い声の指示が飛んでいた。

ツナギたちは「ウェーイ」という学術的な返事とともに、散り散りに持ち場につく。

「で、テメーは何をするんだよ」

手元のノーパソをいじっていた千空が、座り込む集団の長に苦言を呈した。

「ここに来るまででもう死ぬほどタイギだった。動きたくねえから俺は人事担当だ。よくもまあ今まであんな適性ゼロの配置でやってたもんだぜ。そりゃ成功しねえわな」

「ハハ、さすが部長」

漏斗(ろうと)を持って燃料の充填を手伝っていた山太が苦笑いを浮かべる。

「おい三年、ヒマならカメラでも配置しとけよ。ノズルの近くには置くんじゃねえぞ」

「わかってるよ、一年。……ドローンがありゃ燃焼試験も空撮できるんだがな」

「飛ばねえ置物に頼っても仕方ねえさ。……テストベンチもういいか？　動かすぜ」

「ちょっと待て、今確認する……」

手順書に目を落としたスクラッチ先輩が「ＯＫ」の声を出した。千空が手元を動かす。

燃焼試験という危険な実験をおこなうにあたって、テストベンチはテストベンチ改として生まれ変わっていた。簡単に言うと、遠隔操作可能となったわけだ。

「遠隔操作で各パイプのバルブの開け閉め……燃料の通り道を確保。通った燃料はこの前の水遊びみてえに衝突。そこに着火して予定通りの燃焼が起これば……」

「燃焼試験はまあ成功だな。もちろん予定秒数達成までは続けるが……」

「高度一〇〇㎞に到達するまでちゃんと燃焼し続けるかってことだな。……ったくまあお前もよくやるぜ、こんな金にならねえこと」

部長が呆れた声を出す。でもその頬は、言葉とは裏腹に赤みがかっていた。

「金にはならねえが、宝石ならあるぜ」

千空が謎かけのようなことを言い出す。

「へえ、それは見てみたいもんだぜ。この河原にでも埋まってるのか？」

「これから俺たちが作るんだよ。よし、燃焼いくぜ。全員はけろ」

千空の指令で、作業を終えた部員たちが、全員テストベンチの後方へと退避した。

「配管大丈夫だな。こっちではエラーは出てねえが」

「ええ」というタケミカ先輩の言葉のあと、テストベンチと一体化したエンジン、そのノズルのぽっかり空いた口の先から、白いガスが薄く噴き出された。

「予冷用の液体酸素、が蒸発したガス……だよね」

　トール先輩が作業工程を確認するようにつぶやいた。

「これで配管が充分に冷えたら、今度は液体のまま液体酸素が出てくるんだよね。もう一つのタンクを開放して燃料を流して混合したら……」

「燃焼（バーン）の本番だな」とヒップホップ先輩がかました。

「もはやダジャレだね、それ」

「ククク……燃焼室（チャンバー）付きの実験だ。マジで迫力あるからチビるなよ」

「チャンバーってのがついただけでそんな違うんか？　つけてもつけへんくても、燃焼の仕組み自体が変わるわけじゃないやろ？」

　サンダー先輩が不思議そうに山太に尋ねた。燃焼室の名の通りの四角い箱。インジェクターを覆い隠すように取り付けられたそれには、わかりやすく燃焼ガスの出口となる円形のノズルが取り付けられている。

「燃焼室には点火の役割もあるんですけど、何より大事なのはその部屋の中で、ガスがどんどん溜まることとなんです。燃焼室の中でどんどん圧力が増していったガスは出口を求め

て、細いスロートを通る。その中で引き絞られた高圧力のガスは、あのノズルからかめはめ波みたいに一気に放出される……」

「ようするにアブネーんだ。野郎ども、気ぃ抜くんじゃねーぞ」

「どうした？　まだ火が怖いのか、科学部部長」

緊張をはらんだ部長の声を軽く撫でるように千空が突っかかった。

「残念ながら俺のステータス欄には火属性弱点がついてんだよ」

「だったらもっと後ろで震えて見とけ………来るぞ！」

千空の声に部員たちが一斉に前を見た。

先ほどから絶え間なく聞こえるシューっというガス漏れのような音が、突然、悲鳴のような弾みをみせた。同時に、その場の、何の変哲もない河原の空気が、地面が揺れた。

「わっ」という声は、その振動に対する悲鳴か、それとも、ノズルから垣間見（かいまみ）えた炎への驚きか。一瞬姿を見せた炎は、調子の悪いバーナーのように途切れ、次の瞬間、白煙とともに、巨大な青白い火柱となって、まっすぐに川の方へと伸びていった。

「テストベンチ大丈夫!?　吹っ飛ばない!?」

部員が不安げな声を張り上げる。それすらもかき消す轟音（ごうおん）。噴射の反動で大きく組み上がったテストベンチがガタガタと揺さぶられていた。

「地面への固定はバカみたいにやった!!　でも絶対真後ろには立つなよ!!」

千空が叫ぶ間に横向きの火柱は、ノズルの中に帰るように、急速に勢いを弱めていく。

「まだ動くなよ!!」

一旦おさまったかのように見えた炎は、最後に未練がましい一噴きを上げ、町の空気の中に消えていった。

「……………」

燃焼は時間にして十秒弱。そして、そのあと河原を包んだ沈黙はその二倍にも及んだ。

「……成功？」

ようやく上がった声に、千空が答える。

「ああ、とりあえずはな」

先ほどの轟音に負けず劣らずの歓声が河原を包んだ。

「よっしゃよっしゃよっしゃよっしゃ!!　ステップ2クリアー!!」

「まだじゃない？　予定燃焼時間まで連続で燃えないと」

「んなこと言っても推進剤増やすだけやろ!?　ほとんどクリアやって」

「うわ、地面えぐれてる……ってかそうだ。事後処理」

騒いでいた二年たちが慌てて手順書を確認する。部員たちがカサカサと川辺を這い回る中、部長だけは呆然と立ち尽くしていた。

「どうだった、くさタイプ？　まだビビってやがんのか？」

そんな彼に千空が声をかける。

「こればっかりはどうにもな……。でも……いや、ところでおい、宝石ってのは何だったんだよ」

「ククク……今から見せてやるよ」

千空がデジカメのＳＤカードからノートＰＣへデータを吸い出した。一つの動画ファイルがフォルダの中に現れる。

「ちょいと場所が悪いが……観測会だな。良いとこのカメラの映像だぜ」

部員たちが一斉にパソコンの画面を覗き込む。

秒間一〇〇〇コマにも及ぶ極めて鮮明な、平々凡々たる河原。吐き出される煙、噴き出す青い炎。全てが高精細なスローモーションで再生されていく。

「すごい。ドキュメンタリーの映像みたい」

「あれ、ガスの中……変な形がある」

指摘の通り、青い噴射ガスの中に、連なるひし形のような白い何かが映り込んでいた。

「なに？　こんな科学の粋をこらした炎の中に心霊現象？」

「ショック……ショック……」

「わ！　花岡っち!?　何泣いてんだよ」

うわごとの聞こえる方に振り向いた部員が悲鳴を上げた。そこには涙を流し、鼻水を垂らした山太の中々キツい顔がある。

「ショック……」

「あ、心霊映像ダメな系？　そんなショックだったんだ」

「『ショックダイヤモンド』な」

いったん映像を止めた千空が、解説を引き継いだ。

「気流内部の圧縮波が作る幾何学模様……このひし形の部分だけ、圧力と温度が上昇してるから白く見えるわけだ」

「わかんねえ。ようするに？」

千空がニヤリと笑う。

「このエンジンは、音の速さをぶっちぎった」

「うおおおお!!!」と野太い声が一斉に上がった。

「なるほど……って言うほど理解できてないけど、でも綺麗……。で、何で花岡くんは泣いてるのよ？」

「わからんのかお前は!! 超音速ってのは、男の夢なんだよ!!」

なぜか別の部員が横入りする。

「わかんない。綺麗だからいいけど」

あいかわらずクールに流すタケミカ先輩の後ろで、格ゲー先輩たちが「ソニックブーム」「ソニッブー」とはしゃいでいる。

そんな部員たちを尻目に、部長が千空の横に腰を下ろした。

「宝石ってのはこれのことか」

「ああ。……期待ハズレか？」

「ま、金にはなりそうにないからな。……ただ、大したヤツだぜ、お前は」

「『俺は』、じゃねえ。『科学は』だ」

千空がニヤリと笑う。部長もそれに応えるように口元を歪ませた。

春の夕暮れ、全てが綺麗に丸くおさまったことで、激動の一日は終わろうとしていた。

……していたところに千空の爆弾発言が投下された。

「ま、まだ連続燃焼があるが……これでデカい方のエンジンにも着手できるな」

え、とその場にいたほとんど全員が耳を疑う。

「え？ え？ さっきの爆音で、俺、耳おかしくなった？ 千空、もっかい」

「あ？　言っただろ。連続燃焼予定時間までは……」

「違う、違う。そこじゃない」

「二段式ってのも説明したハズだぜ」

「もはやワザとだろお前」

「ああ、いや、デカさでわかるだろ。メインエンジンがこんな小さいわけねぇ」

　横で山太が苦笑いをしている。

「マジかー。小さいわけねーかー」

「ちなみにメインは構造からして違うからな。ピントル型っつって……」

「じゃ、俺は先帰るわ」

「おい、部長逃げたぞ」

「アンタ図体(ずうたい)デカいんだから、荷物持ちに決まってんだろ！」

　……激動の一日に、綺麗にオチがついた。

　口では嫌がっている素振りの、いや、千空の言葉を聞いた瞬間はマジで本当に「何言ってんだコイツ」みたいなヤバい顔をした部員たちも、明日になればまたウキウキで実験を始めるだろう。

　部長が加わったことで、科学部の全員が千空の試みに参加することになった。彼らは世界で一番楽なことを投げ捨てて、世界で一番楽しいことに惹かれるように実験室を出た。

今、オレンジの川辺で片付けに暮れる部員たちを見て、山太は千空がかつて入学式で言った言葉を思い出していた。

『全員が方位磁針みたいに同じとこ向く必要もねえ』

それは間違いなく正論だった。だけど必要がないからこそ、この不要の集まりは、振り返ったとき涙が出るくらいの、美しいものとしか考えられなかった。

学生時代のそれを、人は『部活』と呼ぶんだろう。

だとすれば、今彼の目に映っているのは、誉れ高き広末高校科学部の姿に違いなかった。


「ヒツジ……シカ……ゾウ」

大樹がうなるように言葉を絞り出した。

「うーむ……あのあとすぐ爆発に巻き込まれたから記憶が……」

「ちょいちょい出てくるね。その『爆発』って単語」

「ともかく、その……大樹くんが昔作ってた何とかアンテナとは違うんだよね」

「ああ、あれはこんなに丸くなかったな」

大樹は学校の屋上に設置したアンテナに目をやった。

大樹と杠、そして何人かの科学部員が囲むそれは、お椀（わん）のような形をしていて、春の光をその白いボディで受け止めている。お椀の口の部分は、屋上の柵の先、大きく開けた青空へと向いていた。

「パラボラアンテナはこの曲面で電波を反射させて、その焦点で電波をキャッチする仕組みだ。指向性なら最強クラス……軌道の決まってるロケットを追うならこれがいい」

部長が、ちょうどヘッドセットマイクのように皿の前に飛び出したアームを微調整しながら言った。

「このカーブがめんどくさかったのなんの……ありがとうね、小川さん」

お椀の尻を撫でながら、女の先輩が感謝の言葉を述べる。

「いえいえ……これってデータ受信用なんですよね」

「『送信』も兼ねる予定だけどな。ま、今は受信だ。向こうの……千空たちのフライト試験の様子のな」

部長はそう言いながら自前のノートパソコンを操作している。

「ステップ３！　フライト試験！　そんで同時進行でこの出来たてホヤホヤのパラボラア

ンテナの受信試験。これが終われば……」

「ついに打ち上げ（ローンチ）だ……。映るぞ」

部長の言葉に、部員たちが画面に目を向けた。

山を下り、川を越え、ビルをまたぎ、はるか向こうの空から飛んでくる電波を、この茶碗（ちゃわん）もどきがむんずと掴み取って、液晶に映像を反映させた。

そこには、発射台に取り付けられた科学部ロケットの遠い影が見える。これもまた空を目指すために、機首を上に向けていた。

電波は空を越えた。このフライトモデルも、これから空を飛ぶ。この二つの実験が成功すれば、その先には宇宙が待っている。

「遠っ。そして手ブレな」部長がいきなり文句をかます。

「やっぱロケットは上向いてこそだな。なあ、どうやって失敗すると思う？」

「え？　ば……爆発とか？」

急に話を振られた大樹がしどろもどろに返事をした。

「爆発かあ。やっぱそんくらい派手なんがいいよなあ」

「部品飛んだり、燃料漏れでそのまま中止ってのは地味で締まらんからな」

部員たちが、厄除（やくよ）けの意味もあるのだろうか、やいのやいのと『ぼくがかんがえたさいきょうのしっぱい』を語りだす。

（何か……変わったな）

杠はそんな彼らを横目で見ながら、不思議な感慨に浸っていた。

カルメ焼きパーティでは何もしようとしなかった人たち。そんな彼らが、今や失敗すらも楽しみの糧として、前進し続けている。

「飛んだ！」

声が上がる。考えごとをしていて画面から目を離していた杠は慌てて視線を戻した。

画面はいつの間にか大空を映している。すでにロケットは影も形もなく、ただ飛翔（ひしょう）の軌跡だけが、白煙の形を借りて漂っていた。

「すげ――!!」「飛びやがったな……」

「ウソ、見逃しちゃったー」

落ち込む杠に被（かぶ）せるように、春の屋上に緩やかなピアノの調べが鳴り響いた。部長が「千空からだな」と言いながらスマホを手に取る。

「ああ、見たぜ。パラシュートはちゃんと作動したか？　……ああ、姿勢制御もカンペキ……当然だ。俺のドローンからジャイロ引っこ抜きやがって。……おお、こっちも問題ねえよ。映像の乱れも混信もねえ。ああ、いよいよってことだ」

部長が思い出したようにスマホのスピーカーをオンにして、机の上に置いた。いつも通り不敵な千空の声が全員の耳に届く。

『おお、燃料の準備さえできたら……本番だ』

「ま、その前にやることがあるけどな」

電話の向こうで千空が『ん？』と疑問の声を発する。

「名前だよ。俺たちのロケットの」


「それで決まったのが、『ダイダロス39』……」

夕暮れの校門に立つ杠が、スマホの画面を眺めている。

「ダイダロス……ギリシャ神話の大工・職人・発明家……。結局何だったんだろ。ほとんど満場一致だったけど」

「全員『これしかない』って感じだったな。俺たちにはピンとこなかったが」

横にいた大樹が杠と一緒に頭をひねった。どうも科学部には、自分たちお手伝い組の知らない何かがあるみたいだ。

「『39』は立川先輩の好きな歌ってだけらしいけど……。あ、ダイダロスって、あのイカロスのお父さんだって。他は……何もないかな」

杠はスマホをカバンに入れて歩き出した。隣に並ぶ大樹は何か心当たりを探ろうと額に手を当てる。

「イカロスの話なら、昔千空が言ってたな。音楽の授業のあと、『ロウで宇宙まで行くなんて合理的じゃねえ』とか何とか」

「フフ、子どものころからそんなんだったんだ、千空くん。じゃあそれかもね」

杠が柔らかく笑った。その笑顔を見て、大樹は頬を赤らめる。

急に足元のアスファルトがフワフワした感触に変化したみたいだった。甘い沈黙が二人の間に滑り込んでくる。先にそれを振り払ったのは、杠の方だった。

「ねえ、大樹くん。私最初大樹くんに、千空くんのこと頼んだじゃない？」

「あ、ああ、初めて科学部に行った日」

「あのとき私、科学部の噂（うわさ）聞いて心配になって……思っちゃったんだ。千空くんと科学部がケンカみたいになったらどうしよう。千空くんのことだから、部室ごと宇宙にまで吹き飛ばしちゃうんじゃないか、って……」

杠は空を、いや、地球を包む宇宙を見上げた。

「でも、それ、ホントになったみたい。みんなのあの実験室ごと宇宙に行っちゃうんだね。それって、すごく素敵だと思う……」

高度一〇〇㎞。カーマン・ライン。彼らの目指す場所を確認するように、杠は目を細める。一歩一歩楔(くさび)を打ち込むように、細い糸をたどるように進んでいった科学部のみんな。彼らの歩みを誰よりも側(そば)で見ていた彼女には、特別の感慨があった。

「いや、杠、部屋は空を飛ばないぞ」

大樹には特になかった。

先ほど優しい沈黙を運んできてくれた天使が、『ワオ』と言いながらそそくさと退散する足音を杠は聞いた気がした。

「そういうトコだからね、ホント」

大樹を置いて杠がとっとと立ち去る。急に機嫌を悪くした彼女に戸惑いながら、大樹がその後を追いかける。

いずれにしても、打ち上げの日は穏やかに迫っていた。


風は、いらなかった。

鳥も飛行機も風に乗って空を飛ぶ。ジェットエンジンも周囲の空気を取り込んで推進力を得る。ただロケットは、真空の宇宙、永遠の凪の中を進むために作られたロケットエンジンだけは、己のなかで蓄えた力で空を突き抜けなければならない。

だからその指に絡みつく風が凪いだとき、千空の声が発射場となる開けた敷地に響いた。

「風も、雲もねえ。頃合いだな」

よっしゃ、という返事が幾重にも重なって朝の暖かい空気を揺らした。それはその場に集った広末高校科学部員全員の歓喜の声だった。

「風見鶏代わりになるのか。便利だなその髪の毛」

ピカピカの白衣を着込んだ部長が後輩をからかう。

「指。指な。見てただろ」

「考えごとしてるのかと思ったわ。たまにやってるよね。人差し指立ててるの。中二病？」

「いいから早く動けよ、テメーら」

こんな日でも、いつも通りのグダグダな掛け合いに引き込もうとする部員たちをたしなめるように千空が手を振る。その場に居合わせていた大樹と杠は、そんな科学部の様子を見て笑みを浮かべていた。

「つっても燃料の充填なんて、昨日に終わってるし」

「機体や電装のチェックも早朝にやって、ペイロードも積んだべ」

「ジャイロも航行プログラムも起動済み。ここまでくるとやることないねんなあ」

「ちっちゃくてよかったね、ダイダロス。なんかおっきそうな名前のくせに」

彼らの視線の先には、無骨な赤い発射台に括りつけられた、全長三mにも満たない小さなロケットがあった。学生には分相応な大きさに見えて、実に分不相応な夢を果たそうという偉大な機体。銀色に光るボディには、大きく『DAIDALOS 39』の文字と部員たちの思い思いの落書きが賑やかに刻まれていた。

青空に鋭い切っ先を向けるその物体は、誰がどう見てもロケットそのものだった。この世の多くの人にとって物とは外見のことで、たとえこのロケットの中身がすっからかんでも、ドラム缶を組み上げた模造品でも、もしかしたらひっくり返したでっかいダイコンであっても、みんな騙されてしまうかもしれない。

だけどこれを作った部員たちは、その認識を誤ることはないだろう。少し目を細めれば中身が透けて見えそうなくらい、部員たちはこのロケットのことを理解していた。

「カウント、始めるぜ」

発射の余波に巻き込まれないよう十分に距離を取った空き地で、千空はノートPCを開いた。小さなロケットが豆粒に見えるくらい離れたその場所には、雨傘を逆さにしたような形をしたパラボラアンテナが、空を、ロケットの軌道を見上げるように立っていた。

「３００」

「なっが」

緊張感にあふれた千空のカウントにかぶせるように、部員たちの緊張感のカケラもない本音が漏れ聞こえる。

「３００秒はさすがに？　１００くらいからたのまい」

「うるせえ。発射シーケンスは山ほどあるんだ。テメーらは雑談でもしてろ」

千空がノーパソから顔を上げずに先輩をどやす。

「どうすんべ？　とりまジャンプの新連載でも語る？」

「そういやお前ら、先週のアレ、どうだったんだよ。もう返ってきてんだろ」

げ、という声がそこかしこで上がった。ある生徒は頭を掻き、ある生徒は顔をそむけ、ある生徒はやにわにスマホを取り出す。

「ほら、お前ら、申告しろ」

部長が首を振った。彼の呼びかけに応えるようにサンダー先輩が大きく手を上げる。

「はい、小園部長！　俺48！」

はつらつとしたカミングアウト。それに促されるように次々と声が続いた。

「42」「わたし44ー」「40！」「46だっけ」「43。志望校は52」「俺なんて45だぜ」「34」「す

げー!!　お前なんでまた下がってんだよ!?」

悲惨なオークション再び。再度繰り返される悲劇に、数字の意味を知り尽くしている山太が「あーあ……」と頭を抱えた。

「えーと……大樹くんは?」

杠が複雑な笑みを浮かべながら大樹を見る。

「俺か?　たしかにじゅう……」「250」

「おいおい誰だ誰だ偏差値ガン盛りしたヤツ」

「いや、千空のカウントダウンですよ」

「いや待てよ。こいつのことだからマジモンの可能性も……」

「ま、ようするに」

部長が笑いをこらえながら白衣の集団を見回した。

「何も変わってねえなあ。お前ら」

おっかしいなあ、とサンダー先輩がぼやく。

「この流れはいつの間にか偏差値爆上がりしてるヤツやと思っててんけど……」

「ロケット作ってるだけで偏差値上がるわけないだろ」

スクラッチ先輩が正論を飛ばす。大樹が首を縦に振った。

「じゃあさ、逆に俺たちは何を得てんやろ」

「２００」

「お、２００秒持ちそうな話題だね。じゃあ順番にどうぞ」

「ハイ！　化学調味料一式!!」料理部先輩が一番にズレたことを言った。

「俺はロケットと宇宙関係の語彙だな。これで新たな韻（ライム）が刻めるぜ」

「サンダースプリット」「男に負けない力」「わかる。やっぱ武器だよね」

「こえーんだけどコイツら」

　武器工房組の声に、他の部員が恐れおののく。

「皆さんの科学への興味……と思ってたんですけど……」

　ひとしきり声が上がったあとに、山太が顔を引きつらせた。

「まだまだ先は長そうですね」

「見事に科学関係ないのばっかやったな」とサンダー先輩が自分を棚に上げた。

「いや、でも興味は湧いたよ。興味は。勉強はたぶんしないけど」

「それな」と次々に同意の声が上がる。山太がため息をついた。

「そう捨てたもんじゃないぜ。そこの雑アタマが良い例だ」

　カウントの合間に千空が口を挟む。

「む……どういうことだ」

当の大樹は千空の意図をうまく汲み取れていない。

「ねえ、大樹くん。今までずっと千空くんと一緒にいて、何を思ってた？」

杠が優しくトスを上げる。

「そうだな……。『すごいぞ千空！　面白いぞ科学！』」

「すごい。小学校の図書室に貼ってある標語みたいだね」

「つまり、だ」

『２００』の時点からずっと頭を抱えていたナイス先輩が初めて口を開いた。

「我々が得たのは偏差値なんてものではなく……」

「お？　ナイスが何か良いこと言うぞ」「ワクワク」

「もっとこう、目に見えない……」

「偏差値も目に見えないよ」「こりゃダメそうだな」

「科学の……えー…………精神！　スピリットだ!!」

「60」

千空が口元をほころばせながらカウントを進める。

「具体性」

「良かったやん立川。お前のダダスベリも一分後には感動か爆笑で上書きやで」

部員たちが、口々にナイス先輩をからかう。先輩は顔を赤らめて抗議している。

そして、だんだんと、声は止（や）んでいった。

「……」「……」

千空のカウントダウンだけが、無風の中に溶けていく。

時間に相対性があるのなら、この六〇秒は長いのか、短いのか。

楽しいことが一瞬で過ぎ去るのなら、苦しい時間が何倍にも感じられるのなら、期待に舞い上がってしまいそうでいて、不安に圧（お）し潰されそうでもあるこの胸は、どんな時間（こどう）を刻んでいるのか。

「10」

時計を見れば、相対性を思う。もし部員たちが獲得した『精神（スピリット）』があるとするなら、このことなのかもしれない。

それでも、時計の針は動き続ける。「ありがとう、千空」と誰かがつぶやいた。

「2、1、0」

千空が手元の丸いスイッチを、まるでマンガに出てきそうな、本当にオモチャのような赤いスイッチを深く押し込んだ。

遠く、遠くで一瞬だけ赤い火が点いたのが見えた。そしてそれを覆い隠すように、ゴォ、と大量の白煙が轟音とともに上がった。たっぷり一〇〇mは離れているロケットが、たっぷり一〇〇㎞は離れている宇宙を目指して、ゆっくりと持ち上がる。

ものすごい振動が、空気の波となって部員たちの体を打った。

ロケットはまるで迷子のように少し体を傾けたあと、その不安な角度を保持したままどんどんと上昇していった。ノズルからあふれる大きな火と白い煙。それらを全力で地球に叩きつけるようにして、ロケットは宇宙を目指す。

反作用。部員たちは知っている。あのロケットは爆風の反作用で空を飛ぶ。

これまで見たロケットの打ち上げ。それはいずれも無責任に空へと舞い上がっていく、ただのショーでしかなかった。

でも今度は違う。彼らにとって加速を続けるロケットは、大気を、岩盤のように硬い空気の層をドリルのように掘削しながら、重力の巨大な糸を引きちぎるように、死に物狂いで這い上がっていくものに他ならなかった。大空を飛ぶのではなく、深淵に潜り込むようにして、ロケットは進んでいく。

地に生まれ、水に育まれ、火を駆って、風を振り切り、やがては光と闇の住処へと至る。

これら全ての属性を理解し、全ての過程を愛し、ようやくロケットは天へと到達するのだと、彼らはいつの間にか理解していた。

だから成功か失敗かなんて、もはや彼らにとってはどうでもよかったのかもしれない。

ただ自分たちの手で押し出したモノがどこまで転がっていくのか、それが見られればよかっただけかもしれない。

そしてそんな無欲で無邪気な者たちに、女神は微笑んだ。

「高度一〇〇km到達………喫るじゃねえか」

ロケットが空の青を突き抜け、力を失った白煙が螺旋にたわむころ、一度も液晶から目を離さなかった千空が安堵の声を上げた。リベンジは、今、果たされた。

大目的の達成。偉業ともいえる快挙。だけど、歓声は上がらなかった。拍手も、起こらなかった。部員全員が結果に呆然としていたからではない。感動に震えていたからでもない。彼らはさらに欲を掻いているのだ。

「からの〰」

声が上がった。一〇〇kmからの、もう一声。成功からの、もう一押し。膨れ上がった好奇心が、次の過程と結果を求める。満足と成功を踏み台にして、さらに上へと駆け上がる。

「からの〰」

打ち当たるまで突き進む。打ち当たったら、打ち壊す。成功も失敗も彼岸に置き去って、

ただ意志と精神の向くままに、ほしいままに、活躍(カツヤク)する生命がそこにはあった。

「ああ……！　カプセルのパージを確認」

「おつかれ、ダイダロス！」

「そして発進！　イカロス！」

「おう。『科学一つを友にして』」

部長がいつものコントローラーを手に取った。

はるか上空、高度一〇〇㎞超。爆破によって切り離されたダイダロスの先端、カプセル部分から荷物(ペイロード)、飛べない翼(ドローン)『イカロス』が、宇宙の漆黒のなかへと放り出されていた。


「……千空、お前に頼みたいことがある。できるかできねえか、答えてくれ」

傷ついた実験室に響く部長の声。千空は興味なさ気に耳穴をほじっていた。

「何だ？　さっきも言ったが、ドローンなら直さねえぞ」

「わかったよそれは。修理に出してもいいが、それよりもっといい考えがある」

「へえ？　唆る提案なんだろうな」

「不法投棄だよ」

「ククク……どこにだ？　山か？　海か？　どっちにしろ世間様がうるせえぞ」

「宇宙」

部長の指が部屋の天井を指した。千空がニヤリと口の端を上げた。

「俺のロケットはゴミ収集車代わりか。ま、ドローンの大気圏突入なんて、想像しただけで笑えてくるが……」

「重量七六六グラム。ペイロードとして重すぎるってことはないだろ」

「ついでにカメラからの映像データも受信できるようにしろ」

「あ？　まあ電波とアンテナ強化すればいけるだろうが……」

「あと何なら操縦もしてぇ」

「おいおい、わかってんのか。プロペラだぞ。空気ねーんだぞ」

「できないのか？」

一段と低くなった部長の問いかけに、千空はポリポリと頭を掻いた。

「できるか、できねえかは知らねえよ。ただ……やるか、やらねえかなら最初(ハナ)から答えは決まってるぜ」

モニターに映し出される、果てない宇宙。小さな小さな画面にはおよそ収まりきれない、受け止めきれないほどの黒の情報量。そして白い太陽と青い地球。

それが……グルッグルに回っていた。

「酔う……酔う」

一斉に部長の手元を覗き込んだ部員たちは、数秒後、また一斉に目を離していた。あるものは地に倒れ伏し、あるものはこめかみを揉み揉み……。

「宇宙でのドローン遠隔操縦。すでに宇宙ステーション(ISS)内でおこなわれてることだが……」

千空は、青い空を見上げている。

「ポイ捨ては初めてだろ。燃え尽きるまでの短い間、せいぜい楽しむんだな」

「いや、みんな酔ってるけど……」

ペイロードの正体を知らなかった杠が、千空の方に顔を向けた。

「そりゃほぼ真空でプロペラ機の操縦は無理だろ。中のジャイロはパチってロケットに使ったから姿勢制御もできねえ。カプセル内で無事だったのは幸いだが、どちらにしろ慣性で機体はグルグル、映像はぐちゃぐちゃだろうな」

「わお……」

杠の視線を背中で受け止めながら、部長は笑った。

「こんなもんだろうさ。それに……これはこれで悪くねえ」

部長は満足気に画面を見つめていた。一番見たかったものは見えない。けれど、目の前にあるのは滑稽で、慌ただしくて、幻想的で、本当に悪くない光景だった。

「ま、操縦はできねえが、操作はできるんだけどな」

「え……？」

千空がパソコンのキーを叩いた。コントローラーを持った部長が驚きの声を上げる。

画面の中の景色が、今までと違う揺れを見せたかと思うと、急にその動きを止めた。さっきまで混ざり合っていた宇宙と地球が、黒と青がハッキリと色分けされて見える。

イカロスが宇宙を飛んでいる。

「千空……」

「もともと使う予定だったジャイロ組み込んで角速度等を検出、スラスターと同期させて、回転を殺す向きにガスを噴射させりゃあご覧の通り。ククク、クイズを出してやろうか？姿勢制御のためにスラスターから噴射されるガス。その正体は……？」

千空が、いつの間にか手に持ったペットボトルで祝杯をあげる。

「ペットボトル、ロケット……低温物質を使った気化ガス……」

部員の声に、千空が祝杯の中身をぐいと飲み干した。

「正解。二百億点やるよ」

「二百億点はお前だよバカ野郎!!」

男たちが、一斉に千空に飛びつく。千空が変な声を上げながらべしゃりと潰れた。

部長は一人、目を大きく開けて、宇宙を臨んでいた。

幼いころの憧憬。安楽椅子に座りながら見た学校の光景。一面真っ黒の、絶景。その日で確かめたかったもの。黒の中の光。暗に浮かぶ、星たち。

肩を震わせながら。心を震わせながら。

「部長って……」

アメフトのように千空に覆いかぶさる男子たちを尻目に、一人の女子部員がつぶやいた。

「千空くんたちの人形の話聞いて、これを思いついたのかな……」

「わかんない……。もしかしたら、もっと前から……」

景色が赤く染まっていく。画面がどんどん乱れていく。もう時間切れなのは明らかで、もうお別れなのは明白で、だから部長は、愛機を優しくねぎらった。

「落ちてこいイカロス。そんでもってまたこの地べたから、何かを始めようぜ。新しい何かを……」

映像が途切れた。翼は、燃え尽きた。

部長はモニターから目を離した。彼の視線の先には、自身の太い足と、それを受け止める茶色の大地があった。彼は視線を上げた、同じ白衣を着込んだ仲間たち、そして木々の緑。上を向けば一面の青。自分はさっきまでそこにいたんだ、と彼は思った。

しばらくして彼は「千空」と声をかけた。

「乗っ取りは、成功だ」

空を見つめながら、部長はそう言った。

そのとき、思い出したかのように吹いた一陣の風が、部員たちの白衣の裾を優しく揺らした。


「何でさ、何でだろうな」

放課後、いつもの実験室に二人の人間がいる。山太と千空の一年生コンビだ。そのメガネ担当が、相方にくだを巻いていた。

「あれから何で部員減ってるんだ？　高校生がロケットエンジン作って宇宙の玄関にまで飛ばしたんだぞ？　高度一〇〇㎞だぞ？　最高の入り口じゃないか」

透明なフラスコを揺らしながら、千空が答える。

「増えもしたが、それ以上に辞めたヤツが多いから差し引きでな」

「兼部組はみんな消えちゃったもんな……」

はあ、と山太はため息をついた。

ロケットの打ち上げ成功。そこから科学部株爆上げ、部員爆増えの未来を思い描いていた山太の目論見（もくろみ）は、宇宙のもくずとなりはてていた。

「ここを避難所扱いしてた連中が『戻って』いったんだろ」

「そう考えると……いや、納得いかないなあ。三年もみんないなくなるし……」

「受験だからな。いつまでも偏差値50未満じゃあいられねえんじゃねえか」

「はあ……ところで千空、その試薬何だ？」

「ガソリン」

ガクン、と山太のメガネがズレた。

「おいおい、何に使うんだよ……。俺もう帰るけど、爆発させるなよ」

「誰にモノ言ってんだ？　んなミスするかよ」

「マッドサイエンティストに、だよ。ワザとやらかしかねないからな、お前は」

じゃあな、と言い残して、カバンを持った山太が実験室から消えた。部屋には実験を進める千空と、ゆらゆら揺れるアルコールランプの火だけが残った。

「火力がイマイチだな……」

千空のひとり言に呼応するようにガラッとドアが開いた。

「忘れもんか？」と千空が顔も上げずに問いかける。「ああ」という返事は、予期していたものよりも太い声だった。

「何だ、前部長様じゃねえか」

そこには、小園元部長のあいかわらず大きな体がある。

「三田にマンガ借りに来たんだが、あのバカ忘れやがったな」

「そこの机に置いてあるぜ。いいのか受験生がそんなことで」

「まだ受験まで間はあるし、焦るもんじゃねえよ。それに……」

小園がマンガ本をカバンに詰めながら言った。

「俺の偏差値は53だ」

「ククク……それでよく科学部の部長が務まってたもんだぜ」

「そりゃどっちの意味だ？」

「科学部的な意味で、だよ」

千空の言葉に小園がニヤリと笑った。

しばらく部室は静けさに包まれた。窓の外では、すでに日が傾いている。机に腰掛けて千空の手際を眺めていた小園は、ゆっくりと腰を上げた。

「じゃあな、新米部長。今度またロケットを作るときは、声かけろよ」

「うぜえOBだな。辞めたあとも後輩の遊びに首を突っ込みたがる」

「当たり前だろ、お前のロケットは俺のロケット……」

「やっぱりジャイアンじゃねえか」

「そんときはちゃんと飲みモンくらい用意しとくんだぜ。炭酸だったら……」

「何でもいい、だろ。また味のしないヌルいのが出てきちまうぜ？」

「それでもいいさ」

小園が窓の外を見やった。橙色（だいだいいろ）の空に、陰影の濃い雲が、細く棚引いている。

「クエン酸と重曹……。味は自分で何とでもするさ」

窓に反射するアルコールランプの炎をいとおしげに見つめながら、彼は小さく笑った。

第2章　コショウはなくても歌は歌える

全ては、三七〇〇年前の出来事。

地球上にいた全ての人間が石化するという大異変。それによって世界の文明は、石のように冷たく静止し、砂となってボロボロに崩れ去ってしまった。

石神千空が人生の大半とその心血を注いで組み上げた宇宙への翼、『SENKUU』シリーズと『ダイダロス39』。その系譜は石化とともに途切れて、宇宙はまた見上げるだけの存在になりはてた。

時計の針は、この全くもってイカれた大災害以来、『39』で止まったまま。

人類が積年のうちに組み上げた成果は、誰の目にも届かないところで朽ち果ててしまったかのように思えた。

　夏がぶり返してきたかのような暑さの真昼、風が運んできた言葉が、耳を通り過ぎて先にある森の木々を揺らした。石神千空は驚きの表情を浮かべたまま後ろを振り返った。

「今……何つった？」

　視線の先にいるのは少女。ただしスイカの殻を頭にすっぽりかぶった奇妙な出で立ちの女の子だ。彼女は地面に直置きされたガラスのコップを不思議そうに眺めている。

「だからね、すごいんだよガラスって。だってこのコップ、汗かいてるんだよ！」

「あー、なるほどな」

　全てを理解した千空は汗を拭った。

「コップが汗をかく」。三七〇〇年前の旧世界なら、夏場によく耳にした言葉だ。激しい違和感を覚えたのは、ここが文明の滅んだあとの原始の世界だから。石化が解けて一年と数ヶ月、すっかり耳が未来仕様になっていたわけだ。

「ヤベーじゃねえか千空！　ガラスって汗かくのかよ⁉」

　そばで昼飯の焼き魚を頬張っていたハチマキの少年・クロムが驚いている。

　彼の反応も仕方ないだろう。何せこの村で器といったら土を焼いて作る土器だ。ガラス細工なんて全く未知の存在で、つい先日千空が数十世紀ぶりに復活させたばかりのシロモノなのだから。

モノが蘇り、現象が蘇り、そして言葉が蘇った。これが言語学者なら過去と未来の慣用句の一致に胸を躍らせるのだろうけど、千空は三千年をまたぐ生粋の科学者、口をついて出るのは過去と同じく現象の解剖だった。

「ガラス内のクッッソ冷たい水が外のクッッソ暑い空気を冷やして、空気中の水分を液体に変えちまったんだ。寒い朝には草むらに露が降りるだろ。あれと一緒だ」

「よくわかんないけど、朝の葉っぱが濡れてるのは知ってるんだよ！　スイカも朝の原っぱを転がってると、いっぱい濡れちゃって困るときがあるんだよ！」

「そりゃ移動方法が悪い」

「てかよ、おかしいじゃねえか!?　それなら何で、今まで使ってた土のコップは汗をかかねえんだ!?」

クロムがコップを抱えあげる。千空がガラス細工の練習用に作ったそれは、この時代に似つかわしいデコボコな形をしていた。

「そもそもの熱の伝えやすさが違うんだよ。それにこの村の土器は分厚いしな」

「それじゃあよお……」

クロムがさらに食い下がる。これが始まると、長い。疑問が疑問を呼び、質問攻めは終わることがない。たぶん、好奇心がハチマキを巻いたらクロムになるんだろう。

もちろんそれは「科学使い」たる彼の得がたい資質だ。だけど平穏無事なときならともかく、今の彼らには、万能薬作成という大仕事が残っている。

村の巫女・ルリを救うためのサルファ剤。そこに至るまでのロードマップはいまだ空白が多い。現在はこれから本格化する化学実験に向けてのガラス器具作成、そしてそれらを保管する化学研究室の建築中だ。彼らに立ち止まっているヒマはない。

「よお、クロム、昼飯も終わったし、そろそろ作業を……」

「あ、千空、そういえばニューガクシキはいつにするんだよ？」

千空の未来仕様の耳は、再び聞き慣れない古代語を受信した。立ち止まっているヒマはない、とかはもはやどうでもよく、千空は全力でスイカの方に振り向く。

「今……なんつった？」

「だから、入学式。スイカ、楽しみにしてるんだよ」

スイカのあどけない瞳が、ガラスのレンズ越しに千空を見つめていた。

「そういえば伝え忘れていたな」

クロムがガラス整形窯で奮闘する横で、日課の水汲みから帰ってきた金髪碧眼の少女・コハクがいけしゃあしゃあと口にする。青空に向けてピンと伸びた背筋は、50リットルの

水瓶シャトルランの疲れを全く感じさせない。

「いつぞやの君の昔話がめっぽう面白くてな。影響されたスイカが、自分たちも入学式をやりたいと言い出したのだ。せっかくだし、ガンエンやガーネットたちも呼んで盛大に開こうと思ってな」

「あの食いしん坊バンザイとミーハー三姉妹か？　おいおい、メシでも振る舞おうっつーのかよ」

「製鉄炉を動かすのにいつも助けてもらってるんだ。それにいつまでもラーメンばかりじゃ物足りないだろう。君の話だと『カルメ焼き』なるものを食べていたじゃないか」

「あれは入学式の話じゃねえ……」

渋い表情の千空の横から、クロムがにゅっと顔を出した。

「あとよお、昔の歌も教えてくれよ。話に出てきた『ギター』ってのも弾いてみてえ。入学式はみんなで歌うもんなんだろ？」

「歌……はまあ歌うけどな……」

いつの間にかクロムもノリノリになっている。千空は頭を抱えた。

どうも彼らは自分たちを新入生に見立てているらしい。先生は千空で、生徒がクロムたち。科学王国立千空学園の入学式、飲めや歌えやの大パーティ開催というわけだ。

「お前らわかってんのか。化学用のガラス器具はまだまだ足りてねえんだ。ごちそう作ってるヒマなんて俺らには……」

「どうせカセキの爺さん頼りじゃねえか」

クロムが真理をつく。千空ガラス工房では村の職人・カセキが生産量の九割九分九厘を担っていた。

「爺さんは村のほうで引っ張りだこだから、あんまこっちに来れねえだろ。だから俺たちが練習して作れるようにならなきゃ……」

クロムが無言で両手を上げた。手のひらには、できたてホヤホヤのガラス細工がのせられている。化学実験の必需品、フラスコだ。ただ首の部分が異常に細長く、うねりを加えた形状になっている。

「フム……実際に見たことはないが、話に聞くゾウの鼻によく似ているな。もしくは白鳥の首か……。千空、これは使えるのか？」

「……微生物の発生を検証するのには、な。パスツールのフラスコかよ……」

つまり、失敗作だ。かくいう千空の足元にも、自作のフラスコが置かれている。あっちがパスツールならこっちはクラインの壺だ。カーブした口の部分が胴体をぶち抜いてそのままケツに突っ込まれているおかげで、とうてい実用に耐えられそうもない。

こんなのがいくつも並んだ棚を千空は想像してみた。それはもはやラボというよりは前衛美術館の類いだろう。ガラスの原料だって有限だ。また露頭に行って珪砂を採取する時間と調合の手間を考えれば、合理的判断としての「カセキに丸投げ」が現実味を帯びてくる。

「千空！　ガンエンたちも参加するって！　みんなおいしい料理に期待してるんだよ！」

巨大スイカをすっぽりかぶって、嬉しそうに転がってくるスイカの姿を見たとき、千空の心は決まった。

「よっしゃあ!!　やるぜ！」

クロムの掛け声と、両頬を叩く音が見晴らしのいい林に響いた。その音に驚いたのか、後ろの木陰からタヌキが猛ダッシュで明後日の方向に駆けていく。

「テメー……ハリキるのはいいけどよ」

およそ狩人らしくなさすぎる振る舞いに、千空がワナを設置する手をいったん止めてクロムを睨んだ。クロムは慌てて声のボリュームを落とす。

「わりぃわりぃ。石ころ以外の狩りが久しぶりすぎて、つい気合い入っちまった」

「ま、今日は下見だけどな。ワナの設置と、あと適当な餌でも撒いてれば当日までには入れ食いだろ。場所はここでいいんだな」

「おぅ、コハクに聞いたケモノ道。さっきシカのウンコが落ちてたし、間違いねえ」

そりゃ結構だ、と言いながら千空が地面に突き刺した木の杭に木の葉と木の実をセットした。杭には別の木の棒がはまっていて、棒には先端が輪っか状になったヒモが結わえ付けられている。ヒモのもう片方は、そばの大樹の太枝にしっかり結ばれていた。

餌を食べに来た獲物が支柱代わりの杭を倒すと、ヒモの張力で限界までしなっている太枝が跳ね上がる。うまく輪っかが足に引っかかれば、その名もワナ結びに結ばれた輪が締まって、獲物を生け捕り、宙吊りにできる。

「狩りって言うから槍とか斧でバトるのかと思ってたのによお」

「ヒョロガリ組は頭使わねえとな。俺らが動物とモンハンしても勝ち目はねえ」

「そういうのはコハクやマグマの仕事ってことか」

クロムが少し残念そうにつぶやいた。

「まだ作業山盛り残ってる状態で、ケガしたりバテるわけにはいかねえんだよ。おら、次行くぜ」

千空が不満げなクロムを先導して、木々の間をすり抜ける。と、数十m（メートル）も進まない間に先ほどワナを仕掛けた地点から、大きな物音と、動物のものらしき悲鳴が聞こえてきた。

振り返って見ると、落ち着いた林の色彩の中で、大きく白い影が激しく揺らめいている。

「あれは……ヤギっぽいな。これはのっけから唆（そそ）る獲物じゃねえか」

「ここいらで見るのは珍しいな。美味（うま）いのか？」

「ああ、でもそれ以上にな……いや、さっさとトドメさすぞ!!」

何かを言いかけて急に走り出した千空を、クロムが慌てて追いかける。

「おい！　どうしたんだよ急に！」

「あのワナはシカを想定してたんだよ！　あの個体は軽く見積もっても二倍は重い！　早くしねえと……」

千空が言い終わらないうちに、木の枝が折れる乾いた音。計算違いが現実になってしまった。地面に落ちたヤギが、足のロープを引きずったまま、反対方向へ駆け出す。

「待てよ！」

千空を追い越したクロムが跳躍。何とかその白い背中に飛びついた。柔らかい毛の感触と、激しい振動。振り落とされそうになるクロムに向けて、千空が声を張り上げる。

「角掴（つか）め！」

おぅ、と返事する余裕もないまま、クロムはその大きな角に手を伸ばした。手のひらに伝わるごつい感触。クロムがもう片方の手を、肩にかけた道具入れに伸ばす。

「ヤベ――！」

ヤギが大きく首を振った。その反動で角から手がすっぽ抜け、クロムが振り落とされる。地面に叩きつけられる間抜けな狩人を尻目に、ヤギはグングン距離を離す。クロムは慌てて身体を起こすと、痛む体をおして再び駆け出そうとした。

「クロム!! もういい！　諦めろ！」

「そうだな。あとは私に任せるといい」

いつの間にか千空に並び立つ細いシルエット。しかし千空が隣を振り返ったときにはすでに声の主は影も形もなかった。

はるか前方、膝をついたクロムの脇を、疾走する影が、まるでチーターのような速度と身軽さで駆け抜ける。追う者と追われる者はそのまま木々の中に消えていった。

しばらくして、遠くから動物の断末魔が聞こえてきた。打ち身にビワの葉で作った薬を塗っていたクロムは、そばに立つ千空に向かって話しかけた。

「おう、千空。今のはどっちの悲鳴か賭けるか？」

「……ゴリラじゃねえのは間違いねえな。賭けになんねえよ」

話している間に、雌ゴリラ……もといコハクが獲物を引きずる音が近づいてきた。

「で、次はどうするんだ？」

千空が大きく伸びをしながら言う。コハクは千空の指示を受け、シカの二倍は重いヤギを担いで帰っていった。その姿をからかったクロムの頭に大きなコブが二つほど生成されたけど、それももう移動している間に引っ込んでしまっている。

「もう大物はワナとゴリラに任せようと思う。俺らは山菜や木の実の採取だな。こっちのほうがいっつも石集めをしてる俺向きだぜ」

「で、素材スポットはここでいいんだな？」

「おぅ、スイカに教えてもらったぜ。さっきシカのウンコが落ちてたし、間違いねえ」

「テメーのそのシカのウンコに対する信仰は何なんだよ。しかし……」

千空が辺りを見回す。細く高い木が多いせいか林にしては日当たりがよく、斜面になったところからは湖の上にある村が見渡せる。そのせいか、少し肌寒さを感じる場所だった。

「秋ってのがな。春に比べりゃいまいちバリエーションが劣るが……」

「そこは量でカバーだ。採って採って採りまくるぜ！」

クロムがハチマキを締め直して一歩を踏み出す、寸前、何か大きく丸いモノがその足先をかすめた。出された足が、反射的に引っ込められる。

「っぶねー!!　何だよ一体!?」

謎の物体はなおも林の中をコロコロと転がっていた。器用に木への衝突をかわし、ときおり草花の前で止まってはゴソゴソとうごめいている。目を凝らしたクロムはようやくその正体に気づいた。

「スイカか!」

「あ、クロムと千空、見てほしいんだよ!!」

かぶりものから手足を出したスイカが、近くの木の根元を指さした。そこには植物のツルで編んだカゴが置かれている。スイカの体の大きさほどもあるそれには、山盛りの収穫物が積み込まれていた。

「スイカも入学式のために頑張ってるんだよ!」

「やるじゃねーか。チビな分、俺やクロムよりも山菜採りに有利ってわけだな」

「それだけじゃないんだよ。あのね、千空からもらったこのガラスの目、すごくキレイに見えるからね、スイカ、今まで以上にみんなの役に立ててるんだよ!」

そう言うとスイカは再び高機動形態へと変身し、猛然と山菜を集め出した。ガラスの瞳を得て近視を克服した彼女は、はちきれんばかりの情動にあふれている。

「よおクロム、高いところの木の実だけでも集めとくか？」

「……いや、ここはスイカに任せようぜ」

転がる少女を慈しむように見守っていた村の少年は、すこし寂しそうにつぶやいた。

「あいつの気持ち、俺にはよくわかるからな」


湖の照り返しが、目に眩しい。

結局、科学組は手ぶらで森から出てきた。まだ日も高いけれど、クロムの威勢は萎えに萎えている。座りこんで湖を臨む彼の目は、どこか遠くを見ているようだった。

「よお千空、湖って何でこんな青いんだろうな」

「太陽光線の可視スペクトルのなかで、青が一番水中に散乱してるからだな」

「そうかよ……」

こりゃ重症だな、と千空は思った。餌に全く食いつかない。いつもならここから赤色可視光線が幅をきかせるようになるまで質問攻めが続くはずなのだ。

「どうしたのクロム。なーんか落ち込んでるね」

背後から声がした。千空が振り返ると、村の門番を務める少年・銀狼がそこに立っている。もちろん、ここにいる時点で務めきれてはいないので門番失格だ。

「よう、大事なお仕事はどうした？」

「退屈だからオシッコって言って抜け出してきちゃった」

「トイレでスマホいじる会社員かよ、テメーは」

「ま、金狼がいるから大丈夫だよぅ。それよりクロムはどうしたの？」

千空が今までの経緯をかいつまんで説明する。銀狼はなるほどねー、と言いながら、たそがれるクロムに慈愛の眼差しを送った。

「クロムはきっと自分でごちそうを調達して、一人前の大人ってことを示したかったんだよぅ。いつも石ころばっか集めてて、この村でダントツの役立たずだもんねー」

「銀狼……テメーも大概だな」

慈愛とは何だったのか。あまりにもあけすけな言い方に、さすがの千空も引き気味の顔をしている。当の銀狼に悪気がないのが逆におそろしい。

「にしてはいつもメシ食えてるじゃねえか」

「そりゃドングリとかイモくらいはクロムでも採ってこれるからね。でもお肉はコハクちゃんが狩ってきたのだし、魚は礁がいっつも……」

「ショー?」

初めて聞く人名に、千空が反応した。

「そっか。千空は村に入ったことないから知らないんだ。礁は村一番の漁師だよぅ。陸のマグマ・コハクちゃんと対をなす水の覇者で、魚をドバドバ獲ってはみんなに分けてくれるすごい人なんだ」

「そんなポセイドンみたいなやつがいたんだな」

道理で魚を食べる機会が多いはずだ。千空が一人で納得する。

「そうじゃねえか!! まだ湖があるぜ!!」

大声が空気を切り裂いた。二人が振り向くと、クロムが立ち上がって拳をあげている。

「お、復活か?」

「おぅ千空!! 肉はダメでも魚はある!! さっそく舟を出すぜ!」

「舟か……ま、まだこの湖に入ったことはねえし。付き合ってやるぜ」

「いいなあ。ボクもついていっていい?」

「ついていってどうするのだ? 湖の真ん中で用を足すのか」
ゲ、と銀狼がうめいた。彼の後ろには、いつの間にか黒髪の青年が立ちはだかっている。
銀狼の兄で、同じく門番を務める金狼だ。

「き、金狼……門番の仕事ほっぽりだしたらダメじゃない……」

「少しの間コハクに代わってもらった。貴様を連れ戻すまでの、少しの間な」

「ボ、ボクまだオシッコしてないんだけど……」

「湖の中でしかできないというなら、ここから突き落としてやってもいいぞ」

『門番は問答しない』の掟(おきて)通り、銀狼は問答無用で引きずられていった。それでも懲りない彼は、なおも声を張り上げる。

「千空ー！　例の入学式、ボクも行くよぅ！　おいしい食べ物用意して待」

言い終わらないうちに、ゴンと頭蓋骨が鳴る音がした。千空とクロムはそんな騒ぎを見なかったことにして、漁の支度を急いだ。


舟は揺れる。クロムが村から持ってきたそれは、木をくり抜いて作った丸木舟で、櫂(かい)を使って漕(こ)がなければならないのが、聡明(そうめい)な千空の小さな誤算だった。

「マジで銀狼の野郎がついてくれればよかったのによ」

パンパンになった腕を揉(も)みながら、千空が恨み言を言う。その向かいでクロムは服を脱ぎ、銛(もり)を手にし、準備万端といった出で立ちだ。

「おいクロム、場所はここでいいのか。今度はシカのウンコはねえぞ」

「おぅ。魚なんて水の中にいるんだから、どこも同じだろ」

雑。あまりにも適当な見識に、千空の胸を一抹以上の不安がよぎった。

「……一応聞いとくが、泳げねえってオチはないよな？」

「何言ってんだ。一緒に川で鉄集めたじゃねえか」

フンドシ一丁で舟を揺らしながら、クロムはこともなげに答える。

「主にコハクが、だけどな……」

まあとりあえずは泳げるらしい。千空は安堵の息をもらした。泳げない人間を泳げるようにするのは、三七〇〇年前の科学をもってしても困難だということを、彼は身にしみて理解している。

「秋とはいえ今日は水温も高めだ。せいぜい頑張るんだな」

おぅ、と言い残してクロムは湖に飛び込んだ。千空の服を水しぶきが濡らす。

この時代の漁法は単純だ。水に潜って、銛で魚をぶっ刺す。これほど大きな湖ならターゲットに困ることもないだろう。ただ問題なのは、シンプルすぎるがために、出来高が漁師の腕前に左右されすぎることだろうか。

「千空、ヤベー!!」

潜って一分もしないうちにクロムが顔を出した。その手に持った銛には、当然何の獲物もかかってはいない。

「水中じゃ全然体がうごかねー!!」

「あたりめーだ。川で水上から狙い撃ちにするのとはワケが違うだろ」

体に浮力がかかるのはもちろん、潜れば潜るほど水圧も大きくなる。潜水時間一分未満の肺活量じゃ話にならないだろう。

「この水深じゃあ網も心許ねえな。おとなしくワナでも仕掛けといた方がいいんじゃねえか？　筌でも沈めときゃあ、当日までにかかってるだろ」

「またワナかよ……。自分の腕で獲りたかったぜ」

幾度となくチャレンジするも、その全てが失敗に終わった。クロムがびしょ濡れの顔に悔しさをにじませる。どうやら銀狼の言っていたことも的外れではなかったらしい。

千空は黙ってクロムに向けて手を伸ばした。クロムは濡れた手でそれを掴み、舟に這い上がる。瞬間、近くの水面が大きく波立った。

「何だ!?」

二人が慌てて視線を向ける。水面にキラリと光る尖った何かが顔を出した。まるで鋭い牙のようなそれの先端では、串刺しになった魚がビチビチと身をよじっている。

「銛……？」

続いて人間の頭が水の中から浮かび上がってきた。一見、壮年の男性。だけど水面に浮かぶその肩はカセキ老人のように筋骨隆々(きんこつりゅうりゅう)としている。

「礁……」

「あのオッサンがか……。てかいつから潜ってたんだ?」

千空が疑問の言葉を口にする。

少なくとも二人は、彼が水中に潜った場面を目撃してはいない。水面を泳いでいた気配もない。はるか向こうの対岸からずっと潜水で来たとすれば遠泳がすぎる。

「ヤベー!! おい千空、隠れろ!」

クロムが慌てて千空を引き倒し、舟にあったゴザをかぶせた。急に倒された千空は額をモロに強打する。

(痛(い)ってなんだいきなりテメー)

(よそ者が村の舟に乗ったってバレりゃあ面倒なんだよ!)

二人がヒソヒソと言葉を交わす間に、礁はゆっくりとクロムたちの舟に近づいてきていた。その深い瞳がクロムの顔をまっすぐに捉える。

「クロムか。珍しいな。湖の底に珍しい石でも落ちているのか?」

「ちげーよ。今回は漁だ。……まだ何も獲れてねえけどな」

「一人でか？」

「おぅよ！」

「お前は舟にダイコンでも積んでいるのか？」

クロムが慌てて振り返る。竹を編んだゴザから、千空のくせ毛が少しだけはみ出ている。

（ヤベー!!）

「なるほど、そいつが噂のよそ者か。またシャベルのホラ話だと思っていたが……」

「何言ってんだ、これはタダの非常食……」

「まあいい。金狼が排除していないところを見ると、害をなす者ではないのだろう」

礁はそれ以上追及しなかった。しかしその瞳は全てを見透かしているかのように澄んでいる。

「それよりお前が漁とは、どういう風の吹き回しだ？」

「若い連中で祭りをやるんだよ。だから俺もいっちょ気張ろうと……」

「それで、ボウズか」

礁がいたずらっぽく笑った。痛いところを突かれたクロムが真っ赤になる。

「今回はただの下見だよ！　これからでっけえワナを作ってがっぽり獲るつもり……」

「それは、ダメだな」

礁の口調が、重さを増した。水中から放たれる圧にクロムが思わずのけぞる。

「な……何でだよ？」

礁は湖を、まるで点検するようにグルリと見回した。

「私は誰よりも長くこの湖に潜っている。潜るうちに見えてくることもある。水の世界も陸と同じ、食うもの・食われるものがいて、相互に調和をなしている。私が大切にしたいのはこの『調和』だ。むやみに魚を獲ればこの湖全体のバランスが崩れる。そうすれば漁業で生計（たつき）をなす我が村も苦しむことになる。自然とは、そういう風にできている」

「ケチくせえぜ礁。こんだけ広いんだから少しくらい……」

「驕（おご）る若造に、この水の世界を荒らされるわけにはいかんな」

水界の管理者の怒りにこだまするように、水面に小さな波紋が生まれた。固い意志をはらんだ声に、クロムは言葉を詰まらせた。

「言ってることはもっともだが、手にしたのが食えもしねえ魚だと威厳も半減だぜ？」

場の空気をなだめるように、ゴザの下から声がした。クロムに助け舟を出すため、というよりは、目の前にいる人間を試薬につけてみたいといった不敵な声色だ。

「おい、千空……」

「ハハハ、ダイコンが喋（しゃべ）りよるか。それに見識も深いようだ」

礁は銛の先に刺さった獲物を悲しそうに眺めた。さっきまで跳ねていたその魚はもうすでにぐったりとしている。

「ゴザの御仁(ごじん)の言うとおり、これは煮ても焼いても食えない魚だ。むやみに骨ばかり多くてな。それだけならいいがこいつは他の魚を食い荒らす。だからできるだけ間引こうと思っているのだよ。もともとはこの湖には住んでいなかったものだが……」

言葉を切ると、礁は首を大きく左右に振った。

「クロム、私には妻子がいるが、我らの村を一つの家族だと思っている。全体として調和すべしとな。だからお前にも、村の全ての人間にも湖の恵みを分け与えている。だが」

礁は魚が刺さったままの銛を舟に突きつけた。

「お前も、ゴザの御仁も、この魚のように村と湖の調和を乱すとなれば、許すわけにはいかん。わかっているな」

「……おぅ」

クロムが言葉少なに返事をする。それを聞いた礁は一転して穏やかな笑みを浮かべながら腰のあたりを探った。そこには魚を入れる魚籠(びく)が巻きつけられている。礁はその中に手を突っ込んで、中身を舟に投げ入れた。

「いつもの取り分だ。ついでに門番兄弟にも分けてやれ」

舟の中で魚が数匹ピチピチと跳ねている。クロムは礁に頭を下げた。

「おう悪りぃ、礁！　金狼は『厚意に甘えすぎるわけにはいかん』とか言って渋るだろうけどな」

「そのときは銀狼に渡してやれ。どうもあの子は真面目すぎるからな。あのちゃらんぽらんな銀狼が横にいるくらいでちょうどいい。……フ、これもまた一つの調和だな」

礁は一人愉快そうに笑うと、クロムたちに向かって言った。

「魚が欲しければ釣りでもするがいい。遠からず冬になる。水に潜るのも辛かろう。もっとも、釣果は保証せんがな」

礁はそのまま湖の中へと帰っていった。クロムはゴザから出てきた千空と目を合わせて、苦笑いを浮かべた。舟が湖岸へ舳先を向けるころには、水面が赤く染まり始めていた。


この石の世界では、日が暮れれば問答無用で闇が訪れる。

科学王国建設予定地の広場では焚き火がたかれ、暗がりの到来を何とか阻止しようと頑張っていた。そんな明かりに導かれるように、土の入れ物を抱えたコハクが、夕食の支度に追われる千空たちのもとを訪れた。

「やれやれ、結局ヤギの解体が一日仕事だった。立派な獲物というのも考えものだな」

コハクがよいしょと土器を地面に置く。器の中にはグロ画像……ではなく、綺麗(きれい)に切り分けられたヤギ肉が詰まっていた。

「コハクにしては時間かかったじゃねえか。肉の切り分けなんて慣れたもんだろ？」

「千空から難儀な注文があってな。それを遂行していたのだよ」

「何だよ、その注文って？」

クロムが石のナイフを動かしていた千空に視線を向ける。

「それはおいおいな。まずは今日の成果の試食といこうじゃねえか」

大地にどかっと腰を下ろした千空がガラスのコップを抱え上げた。コップには水がなみなみと入っている。焚き火には煮炊き用の土器がかけられ、コハクがその周囲にヤギ肉の串刺しをセットしていた。なんともゴキゲンな石の世界の食卓だ。

「肉いくぜ!!」

クロムが待ってられないとばかりに一本の串を引っこ抜いた。そのまま焦げ色がついたばかりの肉を大口開けて頬張る。クロムの手に、串を伝って肉汁が垂れ落ちる。

「ヤベー!!」

「おいおいクロム、生焼けを食べると腹を壊すぞ」

「ククク……焼き加減も調理のうちだ。いろんな食い方試すのも悪くねえ」

千空は肉に塩をふりかけながら笑った。ヤギ肉は羊の肉とそう変わらない。古代人たる彼の口の中にも、どこか懐かしい味わいが広がった。

「ま、成体だけに少し肉が硬えが……」

言いながらも彼は満足そうに口を動かしている。

「スイカが採ってくれた木の実もいただこうか」

煮鍋のアク取りに専念していたコハクが、その中身をついばむ。出汁は魚のアラと少々の塩、煮汁のしみた山菜も、熱が通った木の実も、その味わいをさらに深くしている。

「フム。やはり採れたてはめっぽうおいしいな」

「だな。いっつも干し肉だの塩漬けだの食ってるから、新鮮ってだけでヤベーうめえ」

「飽食の時代出身としてはもう一工夫加えたいところだが……」

「そういや千空、礁の魚はどこだよ。煮ても焼いてもいねえじゃねえか」

「それなんだが……」

千空が土器の皿を差し出した。そこにはスライスされた切り身がのっている。

「おぅ、あるじゃねーか。切り分けたってことは煮るのか」

「いや、そのまんま食う」

　クロムとコハクは不思議そうに顔を見合わせた。

「刺身かよ。大して美味くねえだろ」

「わざわざ生で食べるほどでもない、というのが正直なところだな」

　二人の反応はほとんど想定内とばかりに、千空がため息をつく。

「ま、そうだろうな。俺の時代じゃポピュラーなんだがな……」

「マジかよ」

「足りねーもんがあるんだよ。醤油……真っ黒でしょっぱい調味料なんだが……」

「醤油……」

　コハクが顎に手を当てて考えこむ。

「塩みたいなのつけるってことか？　それで美味くなるのかよ」

「調味料ってのは上手く素材と組み合わせりゃ掛け算で味が上がるんだよ。この肉だって
コショウがありゃもっと美味いし、ラーメンだって醤油で味変できる。ただ……」

　千空がボリボリと頭をかいた。

「コショウは熱帯の植物だから日本の気候じゃ相当な無理ゲーだな。醤油にいたっては発
酵に何ヶ月もかかる。コショウの代用ならフウトウカズラを探して無理やり食うって手も

あるが、醤油は事前の仕込みがないと……」

「醤油のようなものなら、たぶんあるぞ」

何かを思い出したコハクが口を開いた。「マジか？」と千空が身を乗り出す。

「ああ、サガンが作っている。他にも芋酒・みりん……」

「みりんも麹使った調味料……醤油もマジっぽいな。誰だ、そのサガンってのは？」

「ガンエンの父親だな。食糧倉庫を管理している」

「おう、それじゃあよ、ガンエンのやつに頼んで持ってきてもらえばよくねえか」

「どうだろうか？　祭事ならともかく、私たちなんかの食事会のために分けてくれるとは思えないが……」

それじゃあ、と勢い込むクロムを千空が制止した。

「いや待て。コハク、その醤油、原料は何だ？　大豆をこの村で栽培しているのか？」

「詳しくは知らないが、たしか魚をどうにかして作っていたような……」

「魚醤か……！　ならその原料、魚の提供元は……」

「礁のオッサン！」

クロムが立ち上がる。千空は楽しそうな笑みを浮かべた。

「ククク……案外シンプルなゲームになりそうだな。よし！　あの調和オヤジをたぶらかして、せいぜい美味いメシを作るとしようぜ」

焚き火は燃える。原始の香り漂う食卓に、クロムの腹の音がグゥと鳴り響いた。


「ほいクロム、切ってちょ」

老人の持つポンテ竿の反対側、もう用済みとなった吹き竿にまとわりつくガラスがパチンと切り落とされた。あとはその切断面を加工すれば、立派なガラス細工の完成となる。

職人としてならしているカセキの作品だけあって、工業製品にも劣らない立派なフラスコができあがりつつあった。

「さすがだな爺さん。これならじきに予定数も揃いそうだ」

作業をしながら指示出しをしていた千空が満足げな笑みを浮かべる。

「おぅ！　これで礁ローラク作戦に専念できるな！」

「礁ちゃんか。あれは中々ガンコじゃからのう」

言いながらカセキはそそくさと次の作業に取りかかった。あわよくば礁攻略の情報を引き出すつもりのクロムたちだったが、どうやら上手くいかなそうだ。

「ガンエンたちみたいに食いもんで釣れねえかな」

「ターゲットはこの世界で一番魚には困らねえ男だからな。プレゼント作戦にしても、別のモノ用意しなきゃなんねえぜ」

「つっても俺は礁のことなんて詳しくねえし……」

「ククク、大丈夫だ。いるじゃねえか。何でもお見通しの名探偵さまがよ」

まさか、と顔を上げたクロムの目に、村からやってくる丸い影が映った。橋桁を削り取る勢いで疾走するその物体は千空たちの前で急停止する。ぽん、と物体から手足が生えた。

「名探偵スイカ参上だよ！　千空に頼まれて、礁のこと調べてきたんだよ！」

「そうかスイカ！　またただのスイカに化けて村を探ってくれたんだな!?」

「ううん。村一番の噂好き・シャベルに聞いたんだよ」

「探偵じゃなくてゴシップ記者じゃねえか」

千空が呆れた声を出す。

「とにかくいっぱい聞いてきたの。まずね、礁は漁師なんだよ」

「時短でな、名探偵。もう少し深入りした話聞かせてくれ」

「奥さんは珊瑚さんで、毎日魚を贈ってプロポーズしたらしいんだよ！　千空、プロポーズって何？」

「そっちの深入りは今はやめとこうぜ」と千空がバックステップする。

「お孫さんが二人いるんだよ。スイカどっちとも友達なの」

「お、おう……」と相槌を打つクロムはじれったそうだ。

「昨日もね、一緒にお花畑にお花を摘みに行ったの！」

「お、おい、千空……話、変わってきてねえか？」

「それでね、そのときお話してくれたの……」

焦るクロムなんてお構いなしに、スイカが続きを口にした。

「あのね……」

スイカが二人に耳打ちする。その話を聞いたとたん、千空の目の色が変わった。

「その話、使えるかもな。となると必要なのは……」

『魚が欲しければ釣りでもするがいい』

昨日礁が言った言葉が蘇る。

「釣り竿だ。ククク、何だ簡単じゃねえか」

「いや、そうでもねえぜ千空」

顔を輝かせる千空に反して、クロムは暗い表情を浮かべている。

「あ、何でだ？　この村にも釣り竿くらいあんだろ」

「そりゃお前、釣りっつーと、なあ」

クロムがスイカを見やる。スイカは素直に首を縦に振った。

「あんまり人気ないいんだよ」

「ま、見たほうがはえーか」

不思議がる千空を置いて、クロムは自宅へと歩いていった。


クロムから渡された世界最先端の釣り竿を見たとき、千空は「なるほどな」とつぶやいて考えこんだ。

見た目は過去の釣り竿とそう変わらない。分類するならいわゆる和竿に近いだろう。竹で作られたロッド、釣り針は動物の骨でできていて、魚に食い込む「かえし」もちゃんとついている。糸巻き(リール)がないのはご愛嬌(あいきょう)だけど、何よりも問題なのは……

「釣り糸か……」

糸が、太い。植物を縒(よ)ったものだろうけど、無理やり強度を持たせるためだろう、千空のいた時代とは比べ物にならない糸の太さだった。

「『ウキ』がねえのもアレだが、やっぱ糸だな。水中にこの太さ、この存在感じゃ魚も近づかないわな。かと言って細くすれば強度が下がってすぐ引きちぎられる、か……」

礁が『釣果は保証しない』と言ったのもこのことだろう。

思い返してみれば、この村は農耕栽培が発達していない。湖の上という場所がまず悪く、またその立地のおかげで、なまじ漁業で暮らしが立つためだろう。紀元前でもおこなわれていた綿花の栽培・養蚕はおこなわれてはいない。

「繊維の安定供給もなし。まだ糸車もねえみてえだし、紡績技術はまだまだ拙い、か……」

千空が乾いた笑いを浮かべる。それを見てクロムは心配そうに尋ねた。

「お、おいダメなのかよ。その糸……」

「ダメだな。もっと細くて、丈夫で、目立たない糸が必要だ」

「クソ！　やっぱふりだしかよ！」

クロムが悔しそうに地団駄を踏む。そんな彼を見ながら、千空は不敵に口を開いた。

「何言ってんだ。今までどおり、無いなら作ればいいだけじゃねえか」

「え？」

「千空ちゃん、何かアテがあるのかの？」

いつの間にか輪に加わっていたカセキが表情にワクワク感を浮かべながら尋ねる。

「ああ、ちょうど昨日手に入ったばかりだ」

「昨日……？」

一瞬首をかしげたクロムが、すぐに何かに気づいて手を打った。

「スイカが採った植物の中にその糸の原料ってのがあるのか⁉」

「違うぜ。昨日食ったじゃねえか。おいしいおいしい……」

「……ヤギ肉！」

「ヤギ？　羊毛かの？」

「何ぃ⁉　じゃあヤベーぜ。毛も皮も、もうコハクが処分してるかも……」

慌てて駆け出そうとするクロムを、千空の声が引き止めた。

「問題ねえよ、クロム。ククク……さあ、爆釣(ばくちょう)必至の釣り竿作りの時間だ！　カセキの爺さん！　あんたにも手伝ってもらうぜ！」

ボン！　とカセキのしなびた筋肉が一気に膨張する。それが返事で、ここから科学王国工作班の、水の世界への挑戦が始まった。


数日後、村の舟着き場へ至る小道を、一人の男がゆっくりと歩いていた。日はすでに高くかかっているけれど、重役出勤というわけではない。

水中では、簡単に命を失う。だから風を読んで、波を見て、水温を確かめて、何重にも設けたハードルの先に、ようやく出陣の旗が揚がる。

もちろん時間帯によって魚群の位置も変わってくる。それでも彼は困らない。どんな季節の、どんな時間の湖もこの男は体験してきたからだ。

魚籠を腰に、銛を片手に、水に潜ると音が遠ざかった。見慣れた深い緑青（ろくしょう）の世界にたくさんの命がうごめいている。潜れば潜るほど、世界は暗くなる。水面を見ると、空よりも濃い青に虚（うつ）ろな光が白くぼやけていた。ここでは、太陽の加護も薄い。

たっぷり一〇分以上は潜っていられる彼は、そのまま自分の仕事を始めた。一人銛を振るい、命を突き刺す。ときには素手で湖底の貝をさらう。いつもどおりの手慣れた様子で漁を続ける礁だったが、ふとその目の端に、キラリときらめくものが映った。

（何だ？）

巻き上がった砂、ではない。はがれた魚の鱗（うろこ）、でもない。礁は目を凝らした。普段の彼なら、こんな異物に安易に近づいたりしない。だけどその光はあまりにも幽玄で、この水の世界に似つかわしくて、だから彼はその光の方へと泳いでいった。

その細長い光はまっすぐに水上から垂れていた。ゆらゆら、ゆらゆら、まるで誰かを救うために手向（たむ）けられた天の糸。こんな寓話（ぐうわ）を、村の百物語で聞いたことがある。

（蜘蛛の糸……）

思い出した話をなぞるように、その糸の先端に一匹の魚が食いついた。光が揺れる。その瞬間、糸がものすごい勢いで舞い上がった。魚の重みに途中で切れることもなくそのまま水面へと消えていく。

（釣り……!?　クロムか！）

確信に近いひらめきを得て、礁は浮上を開始した。はたして、水面には丸木舟の底が映っている。

「よっしゃあ!!　またゲット!!」

水の世界から浮上した礁の耳を打ったのは、クロムの大きな快哉だった。やはり釣り竿を携えている。その手の中では、今しがた釣り上げた魚が元気に跳ねていた。

「ゲ！　礁！」

イタズラが見つかった子どものように、クロムが首をすくめた。

「今日は……大漁のようだな」

舟に上がりこんだ礁が、クロムの魚籠を見ながら言った。つい先日ボウズだった男の釣果とは思えない。

「おぅ。いつまでもボウズじゃカッコ悪いしな」

「実に綺麗な釣り糸だった。一体どういう工夫をしたんだ？」

「ちょうどいいか。礁、俺たちから贈り物だぜ」

クロムが舟にもう一つあった竿を手に取って自慢げに投げて寄越す。礁は手渡されたその釣り竿を、穴が空くほど見つめた。

「……巻き取りの仕掛けか。面白い。取っ手を回せば糸が巻き取れるのか。釣り糸の途中にある重りは……なるほど、湖に入る糸の長さを調節でき、なおかつその揺れで水中の様子を水上から把握できる。ここいらはカセキ老の手になるものと想像できるが……」

「おぅ。リールとウキってんだ」

「何だこの糸は？　植物ではない。動物の毛とも違う……」

「ヒントをやろうか？　元はヤギだよ」

クロムの背後から声がした。ゴザの御仁は今日も村の舟に乗り合わせている。

「ヤギ……やはり毛なのか？　しかし細さはともかく、この張りと弾力は……」

「羊毛じゃねえ。これだよ」

背後からにゅっと伸びた手がクロムの腹をつつく。突然の戯れに、クロムが「あふん」と変な声を出した。

「腹……？」

「そう、ハラのワタ。ヤギの腸から作った糸、ガットだ」

「ガット？　内臓だというのか、この糸が」

「ククク……テニスラケットのガットと言えば昔は通じたんだが、この時代だとな。しゃーねえ、聞かせてやるよ。楽しい楽しい科学王国紡績工場の様子をよ」

賢者はクロムの背に姿を隠したまま、楽しげに語りはじめた。


「これがヤギの腸……」

釣り竿改良作戦開始直後、クロムは千空の持ってきた器の中身を覗(のぞ)きこんでいた。そばに控えるカセキも興味深げにその白いウネウネの束を眺めている。

「思ってたより細(ほせ)え。あとめっちゃなげえな」

「草食動物は栄養の吸収に時間かけるから腸が長いんだよ」

「これは……灰汁(あく)に浸けとるのかの？」

「ああ、前処理は昨日コハクが済ませてるぜ。細いのも、すでに脂肪やらをこそぎ取ってるからだな」

「コハクが言ってた注文ってのはこれだったのかよ！」

クロムが驚きの声をあげる。千空はいくつかにまとめられた束の中から一本を手に取った。コハクの手によって内容物も外側の脂肪も取り除かれたそれは、すでに一本の細いホースとしてプランと垂れ下がっていた。

「あとはこれを一本一本真ん中から二つに裂く。裂いた何本かを縒ってねじって一つにすればガットの出来上がりだ。さらに漆（うるし）でも塗りゃあより強靭（きょうじん）になる。ククク……言うのは一瞬だが、地道でクソめんどくせえ作業になるぜ」

「おぅ。いつものことだろ。それにどんな細けえ作業でも、今回はカセキの爺さんがついてるぜ！」

「ワシはさっき言ってたリールとかいうのを作りたいのお」

いきなりハシゴを外されたクロムが、この世の終わりのような顔をした。

「いや、糸巻きで使うハンドルの仕掛けは、ガットをよじる作業にも応用がきく。糸車っつってな。ククク……気づいてたんだろ、職人」

カセキは立派なヒゲをいじりながらとぼけたように笑った。

「ホホホ……さあ、どうかのお。ウキは水に浮かぶものならいいのかの？」

「ああ、軽石が倉庫にあれば持っていっていい。ついでに目立つ色で着色してくれ」

「他に注文はないかの？」

「そうだな、時間があれば疑似餌（ルアー）を頼んでもいいが……まあいいだろ」

「なんだよ、そのルアーって」

ニューアイテムの登場に、クロムが目を輝かせた。

「エサの形したニセモンだよ。エサの代わりにはなるが優先度は高くねえ」

「それってどんな形でもいいのか」

「目当ての魚が食いつけばな。ミミズでも、小魚でも、ただの羽根でも……」

「……」

しばらくの間、クロムはあごに手を当てて考えこんだ。再び顔を上げたとき、その表情には彼に似合わない大人びた優しさが浮かんでいた。

「なあ、そのルアーを使ったらよ、こういうことができんじゃねえか……?」

湖の水面は、高くかかった日を受けて綺麗にきらめいている。話を聞き終えた礁は深く息を吐いた。

「なるほど。大したものだ……。それで」

その瞳に刃物のような鋭さが宿る。

「これはただの贈り物ではあるまい。私に何をさせる気だ」

思いがけず向けられた敵意にクロムが思わずたじろいだ。

（ヤベー!!　ただの賄賂だと思って、逆に怪しんでるじゃねえか!!）

「ククク……そう警戒するなよ。ただ少しの便宜を図ってほしいだけさ」

千空の提案にも動じず、礁はよそ者を値踏みするように、細く目を引き絞っている。

「その便宜とやらが村の調和を乱す行為なら、この竿は丁重にお返ししよう。君がこれを使うがいい。まあ、いかにアイデアが素晴らしくても、結果がそれではな」

礁はクロムの釣った魚を指差した。その魚は紛れもなく、先日礁が語った「煮ても焼いても食えない」ヤツだ。

「先日の言葉を返すようだが、そんな魚を手にしていたのでは威厳も半減といったところか。君たちは小細工を弄(ろう)する前に、まだやることがあるのではないか？」

礁はクロムの魚籠に目をやった。そこには例の魚だけが大量に詰め込まれている。

「これを見たまえ。大漁とは言っても、全部が全部この魚では……」

礁の口の動きが止まった、その目が、何かに気づいたように大きく見開かれる。いったん切らした視線を魚籠に戻した彼は、驚愕(きょうがく)の声を上げた。

「全部同じ……一匹たりとも違う魚が交じってない？　まさかワザとなのか？」

礁が問い詰めるような視線を目の前の人間に向ける。

「一体どうやって……」

$E=mc^2$

「試行錯誤（トライアンドエラー）。あとはそうだな……『科学使い』のアイデアだ」

「礁、自分で言ってたじゃねえか」

魚籠を抱きかかえるようにして覗きこむ礁に、クロムが優しい声をかける。

「ウキは水に入る糸の長さを調節するもの。そんでよ、釣り針の先にはただのエサじゃなくて、疑似餌（ルアー）がついてる。目当ての水深で、そいつだけを狙い撃ちにするために作った特注品だ」

クロムは釣り糸を揺らした。小さく光る針には、小魚を模した骨の彫刻が、ユラユラと揺れている。礁は息を呑（の）んだ。

「それにしたって一朝一夕（いっちょういっせき）になせることではないはずだ。湖の機嫌と魚の習性を把握し、魚群の位置・水深を知らねば狙い撃ちなどできまい」

「簡単なこった。天気は気象・湖は地理・魚は生物……全ては科学の知識。あとは」

「おぅ‼　根性（トライアンドエラー）だぜ‼」

二人の科学使いが胸を張る。礁は先ほどとは違う、何か計り知れないものを見るような目つきで、そんな二人を見つめていた。

「なぜ私の手助けなんか……。お前たちは食事会で食う魚が欲しかったんだろう？」

「俺の方は合理的な判断でな。魚獲りはあんたを丸め込んで丸投げしたほうが早く済む。

こっちのバカは違うみたいだけどな」

千空の手がクロムの脇腹をつついた。

「おふぅ……おぅ。……俺も最初は自分の手でバンバン獲物とるのがカッケエって思ってたんだけどよ。俺は狩人じゃねえから無理だった。だからせめて上手いやり方考えて、それをみんなで共有したいって思ったんだ。できるヤツとできねえヤツ、全員の手助けがしたいってな。俺は、科学使いだからよ」

クロムの目が、大人びた落ち着きに満ちている。村のやんちゃボウズがいつの間にか大きく成長している。そのことに気づいた礁は、憑き物が落ちたような顔で笑った。

「……できない者の手伝い、か。この釣り竿がやけに短いのもそれが理由か」

礁が竹で作られた竿を優しくなでた。彼の言うとおり、その竿は大人が持つには少し長さが足りない。まるで、子どもの使うもののように。

「お孫さん、カナヅチなんだってな」

「フ、一体どこで調べたのやら」

「『将を射んと欲すればまず馬を射よ』だな。堅物のあんたを直接だまくらかすのは骨が折れそうだったんでな。家族の弱点につけこませてもらったぜ」

あまりにもあけすけに悪巧みの内容を話す千空に、しかし礁は笑って答えた。

「ハハハ。何の、私の孫だ。すぐに泳げるようになるさ」

「ま、そうかもな」

千空の声は、どこか遠くに思いを馳せているようだった。彼の言葉を引き継ぐように、もう一人の科学使いが口を開いた。

「でもよ、もう冬じゃねえか。泳ぎの練習もしばらくはムズくなんだろ。お孫さんはよ、すぐにでも礁の役に立ちたくて悔しがってると思うんだ。だから、それは村の科学使いから、できねえヤツへのプレゼントだ」

クロムはこの場にいない礁の孫の気持ちを代弁するように言った。

それはもちろん、かの名探偵スイカを通じて伝えられた心境だった。でもそれだけではない。それは近眼だったスイカの、そして村中から役立たずと見なされているクロム自身の抱えていた悔しさでもあった。

だからその真摯な言葉と優しい贈り物が、礁の心に穏やかな波を立てたのは当然のことと言えた。

「『将を射んと欲すれば……』、か。フ、陸の世界の言葉のように聞こえるが、どうやら水の民にも通じるものらしいな」

「それじゃあ……！」

クロムが身を乗り出す。

「足りぬな」

クロムがずっこけて舟から落ちかけた。

「そりゃねーぜ礁！」

「大人用の釣り竿をもう一本。……それで孫と釣りができる」

礁の表情が、まるで冬に囲炉裏を囲む人のように温かに緩んだ。それは彼が初めて見せた、『祖父』としての顔かもしれなかった。

「承ったぜ」

快諾するよそ者に、礁は深々と頭を下げた。

「重ね重ねのご厚意痛み入る。私にできることなら何でもしよう」

「ククク、いいのか？　とんでもねえ悪事の片棒担ぐかもしれないぞ」

「信じているのだ、ゴザの御仁……名前を伺ってなかったな」

「千空」

「千空……信じているぞ。君がこの村と湖の調和をなす者だと」

「ご期待に添えるかはわからないが……科学は世界の全てだ。空だろうが海だろうが、上手いこと付き合ってみせるさ」

「おぅ！　なんせ千空は、空を超えた男だぜ」

クロムは目いっぱいに腕を伸ばして天を指さした。そこには雲ひとつない青空が、まるで大きな海のように広がっていた。

「醤油の件は私がサガンに話をつけよう。当日、ガンエンに運ばせればいいだろう。魚介もそのときに届けさせる」

千空たちの依頼を快く引き受けた礁は、銛を手に取って湖に着水した。水面から出した顔は、晴れやかな笑みを浮かべている。

「いいのか？　至れり尽くせりだな」

「フフ、今日はいい気分なのだよ。……帰ったら久しぶりに一杯やるかな」

「ダイバーに酒は禁物だぜ。潜水病(ベンズ)には気をつけるんだな。関節に痛みを覚えたり、呼吸が苦しくなるようになったら、俺に相談するといい」

「フ、カガクとは何だと思っていたが……そうかお前は、医者(ドクター)だったのか」

「そうかもな。この石の世界(ストーン・ワールド)で、俺はルリお嬢様の病気を治さなきゃならねえ」

「ありがとうよ、ドクター。なら私も君に年寄りくさい言葉を贈ろう」

礁は手前の水面を見つめた。そこには、クロムの後ろに隠れている少年の横顔が、ユラ

ユラと映っている。

「水の中にいるとき、ふと想像を絶する孤独に襲われるときがある。この世界に自分しかいないような、息苦しい寂しさだ。そういうとき、私は耳を澄ます。光の届かないところでも、音は世界の存在を教えてくれるからな。もし君の胸にそういう瞬間が訪れたなら、この言葉を思い出してくれ」

「おいおい、何の話だよ」

「何となく、な。先ほどの会話、君の声が遠くから聞こえてくるような瞬間があったのだ。君の出自がもし私の想像通りなら……」

千空は大きく手を振った。

「ククク、そういうのを、年寄りの冷や水っつーんだよ」

「これは手厳しいな、なら年寄りは水の中へ退散するとしよう」

礁の顔が青の中に消える。丸い波紋だけを残して、彼は去っていった。やれやれ、と千空は腕まくりをした。横を見ると、クロムが心配そうに自分の顔を覗きこんでいる。

「千空、お前、本当に寂しくないのかよ？」

彼は千空の正体を知っている。礁の言葉に何か感じるものがあったのだろう。

「俺が？　ねえねえ、ありえねえ」

そう言うと千空はその細い腕に力を込めて、櫂を思いっきり動かした。

「ま、コショウを食いたくはあるかもな。パーティには出せねえだろうが……」

「おぅ、帰ったら入学式の準備の続きだ。ギター作りも始めようぜ」

「テメー、マジで歌う気なのかよ」

「おぅ。入学式ってのは歌うもんなんだろ？」

「間違っちゃいねえけどよ……」

ため息をついた千空の非力に応えるように、舟がゆっくりと動きだした。醤油はあれどもコショウはあらず。パーティの支度は、まだまだやることが山積みだった。


「フム、魚、クリア。醤油、クリア。肉もまあ、ヤギ肉でいいだろう」

コハクの細長い指が、だんだんと折り畳まれていく。焚き火の光に照らされたそれは、夜の中にあって一層白く、美しく見えた。

「当日までにもう一頭仕留めといてくれよ」

むしゃむしゃと串焼きの魚をかじりながら、千空が相槌を打った。

「うまいこと出合えれば、な。山菜類は保存がきくから特別に用意することもなし。塩も大丈夫。じゃああとは調理法と……」

「おう、忘れてんなよ。ギターもだぜ」

クロムが横から口を出す。コハクが指を折った。

「ギター」

「あとドラムもいるだろ」

「ドラム」

コハクが続けて指を折る。二人のやり取りに、千空が「ん?」と首をかしげた。

「で、スイカの笛」

「フム、それは前にラーメン屋台で吹いてたやつでいいんじゃないか?」

「せっかくだし、もっと良いのを作ってやろうぜ」

頭の上でかわされる謎の会話。千空の顔が疑問にひきつった。

「で、それが全部できたらバンド練習」

「バンド練習」

コハクの指が折られる前に千空が「おい!」と叫んだ。

「何だよ、バンドって」

「ん？　千空が話したんじゃねえか。あの何とかっていうギター弾きのついでによ」

「言った……けどよ」

また昔話が仇をなしてきた。そろそろ夜語りを止める時期に来たんじゃないかと千空は本気で思案する。

「入学式でやる気なのか？　テメーら、バンドの意味わかってんだろうな」

「おぅ。みんなで楽器ドンチャン鳴らして歌うんだろ」

「祭事にはめっぽう似つかわしい催しではないか」

合ってるっちゃあ、合ってる。

「……バンドのメンツは？」

「オン・ギター！　クロム!!」

どこで覚えたのか、鼻につく口上を垂れ流しながらクロムが立ち上がり、エア・ギターのような真似を始めた。もちろんモノホンの楽器を知らない彼の動きは相当イカレている。運指の適当さはともかく、たまに腕をクロスさせてるあたりマジで何もわかっていない。

「オン・ドラムス！　コハク！」

今度はコハクが手をパンパンと叩きはじめた。四分の四拍子。小学生みたいだ。すごく平坦で、横のクロムの激しい動きとは見事ではない好対照をなしている。

「オン・笛！　スイカ！」

オン・笛、の時点でダメそうだけど、ラーメン屋台のチャルメラという実績があるあたり、この不在の女児が一番安定して見ていられそうだ。

「まあお前らのスリーピースってんなら止めねえけどよお」

自分がバンドメンバーに含まれていないことにひとまず安心した千空が、最速で安全席へ避難を試みる。だけどその企みもクロムの一言で阻止された。

「オン・プロデューサー！　千空！」

「何でだよ」

何でだよ、というか何だよ、だ。プロデューサーとかいうふわふわした役目を押し付けられた千空はツッコんだ。

「少なくともギターはテメーが教えてくれないと、作れも弾けもしねえだろ」

素に戻ったクロムがド正論を口にする。千空は大きなため息をついた。

「……作るのに時間がかかりまくるってんなら諦めるけどよお」

千空の様子を見たクロムが少し譲歩する。

「いやそんな時間はかからねえ……ってか材料はもう揃ってる」

「マジか！」

「ギターのボディは木材、肝心の弦は……これが使える」

千空が地べたに置いた釣り竿を指さした。竿には余った釣り糸が巻かれている。

「ヤギの腸から作ったガット。由緒正しいガットギターだ」

「ヤベー!!　釣り糸がギターにも使えるのか！　すげえ偶然だな」

「逆だ逆。もともとギターに使うつもりで腸の処理をコハクに頼んだんだ。それを予行演習ついでに釣り糸に流用したんだよ。時系列思い出してみろ」

「そういえば……」

クロムが数日前を思い出す。たしかにコハクがヤギの解体をしていたとき、まだ釣り竿作りの話は持ち上がっていなかった。

「ハ！　何にしろ幸運な偶然に変わりはあるまい。とにかくこれで食事会までのゴールがはっきりしたわけだ」

コハクが頬張っていた肉を猛獣さながらに噛(か)みちぎる。

「君たちが楽器の作成。私とスイカが引き続き肉・山菜の探索。楽器ができ次第バンド練習。形になれば……」

「本番だ!!　よっしゃスパートかけていくぜ!!」

クロムが暗がりの森に向けて大声を投げた。驚いた鳥がガサガサと飛んでいく音がする。

そんなやる気満々なクロムの様子を、千空は呆れた眼差しで見つめていた。


「しかし前も思ったんだけどよ……」

翌朝、再び眼前に現れたヤギの腸を見ながら、クロムが舌なめずりをした。

「こうしてみると、ウマそうだよな、これ」

水に浸された白っぽい腸を見てこの態度。さすが薬草などを自分の身体(からだ)で試していたクロムと言ったところか。

「これを使う料理ならあるぜ。腸詰(ソーセージ)めっつってな、この腸を袋にして中に肉・内臓を詰めまくる。そのまま焼けば完成だ。……クッソうめえぞ」

「聞くだけでヤベーなそれ！　腹減ってきたぜ」

「ま、それは当日のお楽しみだ。今はギターの弦作りの時間だぜ」

隣ではカセキが木材から型を取る作業をおこなっている。すでにこの二人には楽器の設計図を見せてある。真実を知ったクロムは前夜の振る舞いを恥じ入り、次からのエア・ギターパフォーマンスはさらに精度を増すことだろう。

「言ったとおり、ギターの構造はシンプルだ。爪弾(つまび)いた弦の振動をボディに伝えて、それが空気を揺らして真ん中の穴から音となって出ていく」

「釣り糸だけを弾(はじ)いても大した音はでねーけど、板はっつけるだけで音量がパワーアップするんだな」

「ボディの表板(トップ)と横板(サイド)は、弦の振動と同じ揺れ方をするものを使ってる。同じ振動の波が合わさると合体して巨大化する。共振……共鳴っつー現象だ」

「ボディの方はカセキ爺さんが作ってるから、弦は俺たちの担当だな。この前釣り糸を作ったときと同じだろ？　もうラクショーだぜ」

「ところがそうもいかねーんだよな……」

千空が苦々しい顔をしながら水で浸したヤギの腸を手に取った。

作業は釣り糸のときと同じ要領で進んでいった。まずはホース状の腸を縦に裂いていく。わざわざナイフを手に持ってカットしていくと時間がかかる上に正確さに欠ける。よって釣り糸作りの時点で彼らは、よく研いだ石のナイフを、木材に入れた切り込み(スリット)の真ん中に仕込んだ装置を開発していた。

細いスリットにホースを通してナイフまで下ろせば真っ二つ。それをさらに手前に引っ張るとナイフが勝手にホースを裂いてくれる寸法だ。

「何回やっても気持ちいいな、この作業」

クロムがスルスルと裂かれるホースを見ながら満足げな表情を浮かべる。

「マジかクロム。じゃあ六弦(ろくげん)分全部頼むぜ」

「やだよ」

さて、千空のいう問題とはここからだ。二つに裂いた弦の材料、釣り糸の場合なら、何も考えずにそれらを縒ればよかった。しかし今回はそうはいかない。弦は求められる太さが、各部位ごとに違ってくるのだ。

千空たちが作るギターは六弦。それぞれ音の高さが違っている。高さが違うということは、弦の太さが違うということ。つまり手作業で裂いた不均等な太さの弦を選(よ)り分け、求められる太さを実現しなければならない。

さらにもう一つ大きな問題がある。千空は科学者であり、音楽家ではないという点だ。ようするに調律(チューニング)ができないのだ。ある程度の調整なら科学部時代の記憶で何とかなるけれど、残念ながら音楽に関してはド素人、それぞれの弦が求められる音を奏でているのかを判別する耳を持っていない。

しかしながら千空には秘策があった。彼にしかできない方法。科学的というにはあまりにも原始的な作戦。つまり……

（あのバカが使ってたギターの寸法なら全部数字で記憶してる。いっちゃん重要な指板(フィンガーボード)の長さ・フレットの位置もカセキの爺さんの腕なら寸分違(たが)わず再現できるだろう。問題はやっぱ弦の太さだな。ナイス・ギターはブロンズ弦。太さはたしか０・０１２〜０・０５３インチ。かたやこっちはガット弦。巻弦(まきげん)作る余裕はねーから複弦(ふくげん)にしてパワー上げるっきゃねえ。二本並べた上でブロンズ弦との違いを張力・剛性、全部ひっくるめて、あの音に限りなく近づけるために必要な太さを計算……ククク、唆るじゃねえか）

彼の記憶力・計算力・知識……脳の力全てを使った、ゴリッゴリのゴリ押しである。

「千空、どうしちゃったの？」

「知らねえ。さっきからずっとあのままだぜ」

頭の中では数字数式の大洪水が起きていることなどいざ知らず、人差し指を立てて彫像のように突っ立っている姿を見て、スイカが首をかしげた。

千空が動き出したのはそれから数分後だった。こうなるとあとはもう一気呵成(かせい)。ギター作りも佳境に差し掛かる。

クロムが六弦分、複弦なので十二本分裂いたガットは乾燥させたのち、千空完全監修のもとで『縒り』作業に入った。複数のガットを束ねてねじって一つの糸にする作業だけど、

千空たちはここでも装置を開発していた。

「いーとーまーき　いーとーまーき」

どこかで聞いたような歌を歌いながら、スイカが上機嫌にクルクルとハンドルを回す。

ハンドルの裏にはピンと張った複数のガットが平行に取り付けられていて、巻けば巻くほど糸たちが縒り合わさって強くなっていく。

「糸巻きの仕掛け、大活躍じゃねえか」

「ああ、弦の張りを調節するペグにも応用できそうだ。カセキの爺さん、ＭＶＰだな」

青年二人が見守るなか、スイカのハンドルさばきは絶好調、ときたところで、千空がストップをかけた。

「オーケーだスイカ。これ以上やっても弦のデコボコで音に支障が出るからな」

「えー、スイカ、もっと回してたいんだよ」

「大丈夫だぜ、まだ糸はいっぱいあるからな！」

クロムが調子よく次の糸をセットしていく。スイカはハンドルを握ったまま次の巻き巻きを心待ちにしている。全体で見れば微笑(ほほえ)ましい絵面(えづら)だ。

「どう見ても、大の男が子どもに仕事を押しつけている光景なんだが？」

やってきたコハクがそんな彼らに真実を指摘した。

「本人は喜んでやってるからいいじゃねえか」

「詐欺師の常套句だな、クロム。楽器の進捗はどうなんだ？」

「カセキの爺さんのほうはほぼほぼ終わっちまった。ドラムもできてるぜ」

千空が指をさした先にはできたてホヤホヤのドラムセット……というよりは大小四つの太鼓を並べたもの、が置いてあった。

「おお！　めっぽうクールじゃないか」

「木をくり抜いた胴体に動物の皮貼っただけのシロモノだがな。一応大きさや皮の厚さ、張り具合を調節して、それぞれ違う音が鳴るようにしてるぜ」

コハクが戯れに複数の太鼓を手で叩く。スネア・タム・バス……とはいかないものの、それぞれ高低はちゃんとはっきり分かれている。

「うむ。あまり多いと手がこんがらがりそうだし、このくらいの数でちょうどいいな」

「ハイハットがありゃもうちょい音の幅が広がるんだが……」

「おう、コハク、本場のドラム期待してるぜ！」

横からクロムが割って入った。

「本場？　どういうことだ？」

千空が首をかしげる。

「だってよ。コハクは雌ゴリラだろ？　ゴリラと言えばドラミング……」

「ほう……じゃあ一足先に本場の力とやらを味わってみるか？」

ゴン、ととても音楽には使えない鈍い音が鳴り響いた。ドラムと化したクロムが地面に倒れ伏す。少し離れた場所から、スイカの元気な声が聞こえてきた。

「クロム、終わったんだよ！　早く次の糸を……あれ？」

もう日も暮れようとしている。入学式は案外間近に迫っていた。


「ふう、たしかこんなもんだろ」

闇夜に残響。チューニングを終えた千空が、彼にしては珍しく自信なさげにつぶやく。だけどその弱気とは裏腹に、焚き火の光に照らされているのは、かつて存在したものと何ら遜色ない見事なアコースティック・ギターだ。

材木には全般にわたり日本産のローズウッドをふんだんに使用。クラシックなエレガントさに満ちた流線形のボディ。ブリッジからペグにかけて真っ直(す)ぐに張り詰めた弦は、古き良き羊腸糸(グッドオールドカットグット)。西暦５７３９年最新モデルの誕生だった。

新しい仲間を歓迎するかのように、広場に楽器たちの音色が鳴り渡る。先に完成していたスイカの笛(オカリナ)とコハクのドラムだ。ドンドンピーヒャラ、科学王国もずいぶん賑(にぎ)やかになったものだ。

「やっとできたんだよ！　これでみんなで演奏できるの」

「おぅ、遅ればせながら、俺も参加するぜ！　テメーら自主練はしてるんだろうな！」

「当たり前だ、クロム」

コハクが自前のスティックを振るい、見事な8(エイト)ビートを披露して見せた。

「逆に君が私たちのレベルについてこられるのか？　ギターを触るのも初めてだろう」

「この天才科学ギタリスト・クロムをなめんなよ！　こんな楽器くらいなあ……」

クロムが千空からギターを引ったくって、見よう見まねで指を弦に乗せた。

ポン。

情けない音が鳴る。……いつまで経(た)ってもその続きは出てこない。千空から奪われたギターは、沈黙のうちにまた元の持ち主へと返還された。

「クロム……かっこ悪いんだよ……！」

「すまねえ、調子乗ってた！　千空、イチから教えてくれ！」

「つってもよお……」

千空が頭をかいた。

「俺だって昔パイセンに何度か教わっただけだしな。基礎の基礎もわかんねえよ」

「マジかよ！　それって詰んでんじゃねえか」

「いや、何曲かなら運指を記憶してる」

「運指……ようするに弾き方はわかってるんだろう。ならいいじゃないか。どうせ弾くのはクロムだ。手の動かし方だけ教えて、あとは自分で練習させればいい」

「なるほどな。じゃあ一通りやってみるか……」

コハクの提案に乗った千空が何気なくコードを押さえた、ところでふと顔を上げた。妙な沈黙のなか、コハクが猫のような目をしてニヤニヤと笑っている。

「テメー……俺に歌わせたいだけだろ」

「何だ、バレてしまったか。さ、遠慮せずにやるがいい」

「誰が歌うかよ」

ギターを脇に置く千空を見て、クロムが困った顔をした。

「いや、教えてもらわねーと俺が困るんだが」

「運指と歌詞さえわかりゃあ、あとは自分で練習できんだろ。ただ言葉が違うのが問題だが……ま、発音なんてどうでもなんだろ」

「言葉が違う？　どういうこった？」

「英語……お前らも数字とかにたまに使ってるだろ。『別の言い方』っつってたっけか。例のパイセンが洋楽専門(そっち)でな。たとえば『39(サーティナイン)』って曲があるんだが……」

「サーティーナイン……39(さんじゅうきゅう)か。なるほど。歌の文句全てが『別の言い方』ということだな」

コハクがうなずく横で、スイカがクロムの方を向いた。

「『39』？　どっかで聞いた覚えがあるんだよ」

「おぅ。千空がこの前話したロケットの名前がそうじゃなかったか」

「この歌が元ネタなんだよ。もともと宇宙飛行士の……ロケット乗りの歌だ」

「へえ、どんな意味なんだよ」

ロケットと聞いたクロムが身を乗りだす。千空は、彼の英語力を試すように英詩を並べ立てた。だけど、それを聞いたクロムは表情に疑問符を浮かべている。千空は諦めたように再び日本語で話しだした。

「相対性理論の……いわゆる『ウラシマ効果』を題材にした詩でな。ある宇宙飛行士が地球を発(た)って、一年後に帰ってきた。だけど地球ではそれ以上の時間が経過しちまってるんだ。『物体が光速に近づくほど、そいつの時間の進みは遅くなる』ってな。39年に出発して、帰ってきたのは何百年後かの39年。家族も知り合いも何もかも失った宇宙飛行士は、そい

つらの子孫が住まう地球で、死んじまったやつらに呼びかける……。というかテメーら、数字とかで英語使うわりには、あんまわからねえんだな……？」

なぜか断片的に残る英語。クロムたちの村のルーツ。先のやりとりで湧いた疑問を口にした千空は、いつの間にか自分を取り囲む空気が一変していることに気づいた。当然飛んでくるものだと思っていた科学知識に関する質問もなぜかやってこない。いや、それどころか千空を囲む三人は、全員が肩を震わせ、瞳を潤ませながらこっちを見ている。

「どうしたんだよ、テメーら」

「だって、だってよ千空……百年以上も経っちまった世界にたどり着いてって、それ……テメーの歌じゃねえか」

波立つ感情に震える声。クロムのその言葉を聞いた瞬間、目の前の焚き火よりも明るい光が、千空の目を焼いた。光の中を駆け巡るのはかつての日々、父の姿、部員たちの顔。まるで走馬灯のような思い出たちが消えたあと、彼は夜の闇が自分の目を覆っているのに気づいた。

「なあ、千空。お前本当に寂しくないのかよ？」

先日と同じ疑問を、クロムが口にする。コハクもスイカも心配そうに千空を見つめている。千空の口から出た答えも前と同じものだった。

「んなわけねえだろ。そんなタマじゃねえよ」

「だが……」とコハクが口を開きかける。千空はそれを煩わしそうに手で制すると、「そろそろ寝る時間だぜ」と催促した。それを合図に一日は終わった。

焚き火は消され、夜の帳が一気に彼を包む。小さな明かりを手に持ちながら、千空は自分の位置を確かめるかのように空を見上げた。だけど彼がかつて到達したその場所は暗く重い雲に遮られ、星の光も、月の姿も、その目に映すことは叶わなかった。


千空は、言うほどセンチメンタルな人間ではない。

『39』が世代を超えた者の歌だろうと、自分たちの作ったロケットの名前だろうと、そんな韻文的な感慨とは遠いところにいる。それはもはや散文的すらも通り越して、原子番号39・イットリウムだの〝3^1＋3^2＋3^3〟だのが即座に頭に浮かぶ科学脳っぷりだ。

だけど哀愁とか郷愁だとかと完全に無縁でもない、と少なくとも仲間たちはそう思っていた。だからかは知らないけれど、翌日からのクロムたちはより一層入学式の準備に躍起になった。ラボ作りと並行して食材を集め、調理方法を工夫し、ときには音楽性の違いで

バンドが解散の危機に立たされることもあった。

オン・プロデューサーたる千空は、そんな彼らの激走を見て頭をひねるばかりだ。彼らの奮起の原因は千空にあるのか、それとも自分たちの入学式を成功させたいだけか、それすらハッキリとしていない。ただ乞われるままに、その力を彼らに貸し出している。

ようやく入学式の日取りが決まってからは、その奮闘にさらなる加速がかかった。あいもかわらずコショウは見つからないけれど、ライブステージの設営は急ピッチでおこなわれ、料理の下ごしらえも、とめどないつまみ食いを挟みながら進行していった。

弱らされることもあった。クロムのギター練習だ。

千空からいくつかの曲を教えてもらった彼は、空き時間の全てを楽器の鍛錬に費やした。朝もはよからピックを握り、昼ごはん時にもベンベン、夕飯食べてもポロポロ、果ては就寝時間を超えても弦のこすれる音は止むことがなかった。

入学式前日の夜も、ギターの音は千空の耳に入った。クロムの家で雑魚寝している彼は否応なしにリサイタルに付き合わされる。昼の作業に疲れていた彼は、懸命にコードを探すクロムに苦言を呈した。

「わりいな、千空。もうすぐ終わるからよ」

このもうすぐが、長い。諦めた千空はせめてもの抵抗に頭から毛皮の布団をかぶった。

「手元も見えないのによくやるぜ」

「おぅ。でもよ、どうせ目で確かめずに弾けるくらいじゃねえといけねえんだ。それがようやくできるようになってきたんだぜ」

たしかにその音に以前までのたどたどしさはない。千空は三七〇〇年ぶりに聞くそのメロディにしばし耳を澄ませた。

「しかし不思議だよな」

何も見えない闇の中で、クロムの感慨深そうな声が聞こえる。千空は布団をかぶったまま「何がだよ?」と問い返した。

「普通夜になったらやることなくなるじゃねえか。明かりもそんな使えねえし。でも楽器なら手探りだけでずっと練習できる。それが新鮮だぜ」

たしかにこの世界は夜が強い。闇に抗する力が圧倒的に足りないのだ。一年と数ヶ月をこの世界で暮らしてきた千空は、この現代人ならではの感想に頷(うなず)くことができた。

「……もうすぐラボも完成する。それからはクソ忙しくなる。どんちゃん騒ぎも当分お預けかもな。ま、せいぜい悔いのないようにするこった」

「おぅ、わかってるぜ。ライブもバッチリ決めてやるさ。でっかい声を張り上げて、俺の歌がちゃんと届くように」

クロムの決意が、遠くから聞こえる。耳に届く音の大きさに反して、千空の眠りは案外あっさりと訪れた。


「げ！　礁来れねえのかよ⁉」

当日の昼、醤油壺と魚介一式を抱えてやってきたガンエンから、特別ゲスト不在の報がもたらされた。

「うん。『村や家族との調和』がどーのこーの言ってたよ」

「ブレねえな。あの調和オヤジ」

煮立った土器の中身をかき混ぜていた千空が、クックッと笑った。そんな千空の手元を覗き込んだガンエンが大きな声を上げる。

「あー‼　ちょっとちょっと、結局またラーメンじゃないかあ‼　新しくておいしくておいしい料理ってのはどこだよー‼」

「慌てるなよ食いしん坊。テメーはまだ……」

千空がガンエンの抱えた器をひったくった。その中に入っていた醤油を、スープとは別の鍋に放りこむ。

「ラーメンの無限の可能性を知らねえ」

醤油を加えたタレが熱々のスープに投入された。黒く染まったスープに、否応なく鼻をくすぐる醤油の香り。ガンエンがゴクリとツバを飲みこむ。最後に茹(ゆ)で上がったホカホカの麺が投入される。その勢いで芳醇(ほうじゅん)なスープがピチャンと跳ねて、ガンエンの口元を濡らした。

「トッピングを加えて……試作醤油ラーメン一丁だ。啜るだろ？」

「啜るよぉ!!　啜って啜って啜(すす)りまくるよぉ!!」

まるで掃除機のように、ガンエンが麺を吸い込んでいく。その目元は幸せに緩み、活発な喉の動きは、スープを全部飲み干すまで止まることはなかった。

「ハ！　どうやら新しいラーメンは好評らしい」

広場にやってきたコハクが会心の笑みを浮かべる。その背中には、大きなヤギが一頭。

クロムが拳を固く握りしめた。

「やぎぃ!!　ヤギ二頭目!!　これでソーセージってのが食えるぜ!!」

「なになに!?　また新しい食べ物!?」

さっきのラーメンはどこに消えたのやら、ガンエンの腹の虫が次の料理を催促する。

「これから解体だから時間はかかるが」

「ククク、グロいから子どもは見るんじゃねーぞ」

怖がるスイカを尻目に、ソーセージ作りが進行していく。かつて糸として利用した腸袋に塩をふんだんに揉み込んだひき肉をぶち込んで、ヒモで縛って形を整えたら、茹でても焼いてもおいしく食べられる。

獲物をその血ごと焼くというと悪魔みたいな所業だけど、たしかにこんがりと焼いたソーセージは悪魔的な美味しさだ。カリッカリの袋が破けると、中から密度の高いミンチとジューシーな肉汁が一気にはじけ出て舌の上に飛び込んでくる。

「うまっうまっうまっうまっ」

ガンエンから語彙が失われつつある。さすが「食い意地だけで生きている」と評される男だけあって、大した食べっぷりだ。たぶん今ライオンが乱入してきても、頑としてこの場を動かないだろう。

「なんかもうガンエンが止まらないのよ」

「おぅ千空、入学式、もう始めちまっていいんじゃねえか」

時計すらない石の世界はこういうときに融通がききやすい。なし崩し的にゆるーく、千空たちの入学式は幕を開けた。

原始的なキッチンから立ち上る煙につられるように、続々と参加者も姿を見せる。カセキ老、犬のチョーク、そして村の美人三姉妹も会場に足を踏み入れた。

「ハ？」「はぁ!?」「はぁあああ!?」

差し出された器を覗きこんだガーネット・サファイア・ルビーの三人は、息の合ったリアクションをしながらクロムを睨んだ。

「んだよ、ハァハァ三姉妹」

「ちょっとクロム！　結局またラーメンなの!?」

ガンエンと同じリアクションだ。

「食ってみろって。今までとは味が違う……」

「今回は醤油と魚ベースのスープだ。前の肉ベースのヤツよりヘルシーでダイエットになるかもな」

クロムの後ろから千空が援護射撃をする。その言葉の特に後半部分に敏感な反応を示した三姉妹は「そこまで言うなら」とラーメンを啜りはじめた。

「助かったぜ千空」

「ククク……いつの時代も殺し文句ってのは変わらねえらしい」

あっさりした醤油ラーメンは、三姉妹を始めとする女子組のほうに人気があった。彼女たちはコハクの誘導でヘルシー？　な山菜コーナーへ誘導されていく。

「そういえば、ボクも食べ物作ってきたよ!!」

「おぅ。正気に戻ったか、ガンエン」

腹がある程度満たされ理性を取り戻したガンエンが、その懐から樹皮にくるまれたこげ茶色のブツを取り出した。

「へえ、クッキーじゃねえか」

思わぬ食品の提供に千空が相好を崩す。

「原料は……なるほど。ラーメンと同じ猫じゃらし粉か」

「村イチのグルメとして、千空には負けられないからね！　猫じゃらし粉に卵と灰汁入れて、すり潰したクルミとか混ぜたのを焼いてみました！」

「おいしいんだよ――――!!!」

一口かじったスイカが叫ぶ。ミニマルなサイズ感は、一口の小さい女子組にも食べやすい。バキっという軽快な食感もあって、なかなか良いデザートになりそうだ。

「みんなが食べてるの見たら、またお腹空いてきちゃった。ねえ千空、魚は!?」

肉も野菜も堪能した食いしん坊から次なる催促がかかる。すっかりシェフポジションに落ち着いた千空は地面を指さした。

「ナニナニ？　掘ってみろって？」

ガンエンが一帯の土をかき分ける。するとすぐに石の上に置かれた大きな葉っぱが現れた。石は熱を持っており、葉っぱにくるまれた何かを温めているらしい。

「石はあちいから気をつけろよ。ククク、鍋が足りなかったんでな。地面の中で蒸し焼かせてもらったぜ」

まるで宝探しの景品のように、葉っぱの中から、香草をまぶしたホカホカの魚が姿を現す。口に入れるとさっぱりした味わいと、刻んだ柚子(ゆず)の酸味が、一気に口内に広がる。

「食べ物が地面の中に埋まってるなんて、ここは幸せの国じゃないか!!」

ガンエンが何度目かわからない幸せの声を上げた。

極めつけは刺身だった。試食の際には評判が悪かった生魚も、礁から譲り受けた醤油を垂らせば、大人気コンテンツへと姿を変える。

「おいし！　おいし！　何だっけクロム、これ何だっけ!?　あの数と数の……」

「掛け算だ！　魚の切り身に醤油……こりゃマジで掛け算の美味さじゃねえか!!」

「お気に召したようで何よりだ」

一通りの給仕を終えた千空が一人大地に腰かける。入学式の会場は大盛況で、そこかしこから幸せな声が上がっていた。

「結局コショウは手に入らず、か。ま、いいだろ」

満足気に口を動かす連中の中で、千空は一人、少し味の足りないヤギ肉を頬張った。

宴もたけなわ。そろそろ全員の腹が満たされたところで、入学式のメインイベントが始まろうとしていた。誰が望んだか、クロム・コハク・スイカのスリーピースバンドによるライブだ。

リハーサルもとうに済まし、ステージにはすでにドラムセットが設置されている。なんなら立ち位置をバミってもいる。あとは始めるだけ。なのだけど、メンバーたちはステージの横で何か言い争っているようだ。

「だからよぉ！　絶対『別の言い方』のが良いって!!」

「どうしたんだよ」

千空Ｐがケンケンゴーゴーしているバンドメンバーに声をかける。

「おぅ千空！　俺ら大事なこと忘れてたんだよ」

「何だよ」

「バンド名だよバンド名!!」

『どうでもいい』の波が千空の頭に光の速さでやってきた。そもそも、かつてロケットに『ＳＥＮＫＵＵ　４』なんて名前をつけようとして部内で総スカンを喰らったくらい、千空はネーミングというものに頓着がない。

「超絶ヤベーのを考えたんだぜ！　聞けよ、テメーら!!」

　クロムがギターをジャンと鳴らした。

「『黒キ無』!!」

『だっせえ』の波が来た。バンドメンバーの顔も白けきっている。音楽性の違いの次は命名センスが解散事由になりそうな感じだ。

「じゃ、そろそろはじめっか」

「おい、待てよ!!　無視すんじゃねえ!!」

「そうだな、そろそろ時間も遅くなるし……」

　コハクが空を見上げながらそう言ったとき、クロムがしっぽを踏まれた犬のような声を上げた。どうした、と問う間もなく急に走り出したクロムは、手に取った皿に次々と料理をよそいだす。

「スイカ!!」

　息も絶え絶えに帰ってきたクロムが、スイカに料理いっぱいの皿を差し出した。

「すまねえ!!　今から超特急でこれ届けてくれ!!」

「おいおい、そんな時間はないぞ」

「いいけど……どこに届けるんだよ？」

「決まってんだろ!! ルリのところだよ!!」

病弱な自分の姉の名前が出たとき、先ほどまで苦言を呈していたコハクの口が面白そうに歪(ゆが)んだ。横の千空も忍び笑いを浮かべている。

「ククク……で・た・よ。そうかそうか。今回の件、最初からやけにノリノリだと思ったら、こういうことか」

「なるほどなるほど。姉者(あねじゃ)にプレゼント、ね。やはりクロム、君は尊いな」

「あ? 何言ってんだ。ルリだけ仲間ハズレにできねえだろうが。頼むぜスイカ。メシ取り上げられずに長(おさ)の家に潜入できるのはテメーだけなんだよ」

「やっぱりクロム、優しいんだよ……! スイカ、すぐに行ってくるの!」

言う間に移動形態にトランスフォームしたスイカは、地面をグルグル回って加速を付けると、そのまま村へとかかる橋のもとへ全速力で転がっていく。砂塵(さじん)を巻き上げるその様子を見て千空は不思議そうにつぶやいた。

「あれ、料理グチャグチャになんねえのか」

「あーあ。いいなあ」

ギシギシと揺れる吊り橋の音を聞きながら、門番兄弟の銀狼がグチをこぼす。

「スイカちゃんのあれ、絶対ルリちゃん宛てでしょ。ボクもあっちに行きたいよぅ」

「いかん。俺たちの仕事は門番だ。門番は持ち場を離れない」

金狼の返事はにべもない。

「クロムたちが歌も披露するんだってさ。聞きたいと思わない？」

「思わない。門番が楽しむ必要はない」

あいかわらず堅物ぶる兄を、銀狼はジトっと見つめた。

「だったら何でさっきスイカちゃんからおすそ分けもらったのさ」

真面目な金狼の肩がビクっと震えた。

「門番は饗応（きょうおう）を受けない、じゃなかったの？」

「それは……」

金狼は汚れた口元を拭いながら夕暮れに頬を赤く染めた。

「断れんだろう……」

銀狼は優しい兄をからかうようにニヤニヤと笑った。

「こちらスイカ。二本目の吊り橋を渡ったの……」

村を駆け抜けたスパイ・スイカが通信の言葉を口にする。もちろん秘密の通信機なんて

ものは存在していない。ただスパイごっこの体で状況確認をしているだけだ。もちろん言うまでもなく、このミッションにごっこ遊びのような失敗は許されない。

(ルリ姉だっておいしいご飯を食べたら、病気が治るかもしれないいんだよ)

スイカは慎重に円形広場のヘリを転がっていく。この武闘会場を抜ければ、目指すべき村長の家がある。

長の家に常駐しているのはコクヨウ・ルリの親子。そして側近のジャスパーとターコイズだ。爪弾き者のクロムとコハクが料理を運んだのでは、すぐに追い出されるだろう。隠密行動に優れたスイカに白羽の矢が立った所以だ。

(これはスイカにしかできないいんだよ……!)

千空からもらったガラスの目が、周囲の状況を鮮明に伝える。家の玄関へと続く階段付近に人影はない。ジャスパーとターコイズはもう帰ったのかもしれない。スイカはもう一転がりしようと身体を動かした。

「何者だ!!」

誰何の声。後ろから。全くノーマークな方向から来た声に、スイカは慣性を止めることができなかった。

(コクヨウさま!? 村のほうに行ってたの?)

広場の食事会は村中の話題になっている。十分にありえることだ。ザッザッと足音が迫る。スイカはその頭にかぶった殻のおかげでただの置物に化けることができる。しかしそれも相手が静物(せいぶつ)と認識していればこそ。今の一転がりを見られていたら……

(来ないで……来ないで……)

「ほう、スイカか」

スイカの祈りも虚(むな)しく、彼女を守る殻は、近づいてきた影に無造作に剥(は)ぎ取られた。


「おせえな……スイカ」

クロムが足踏みを繰り返しながら、さっきと同じセリフを繰り返す。

「何かあったのかもしれない」

いつもは冷静なコハクも、焦りの表情を隠そうとしない。

「村の中で何があるってんだよ」

千空の理性的な言葉も、今の二人には届かない。

ステージの前では参加者が演奏を心待ちにしている。もう待てない、とコハクがしびれを切らして駆け出そうとしたところで、丸い影が落陽を背負って戻ってきた。

「スイカ!!　無事だったか!?」

「うん……。あのね、あのね」

スイカは震えた声で何かを伝えようとする。

「料理はルリに届いたか？　持ってねえってことは届いたんだな⁉」

「それがね……」

スイカは大きくツバを飲み込むと口を開いた。


広場から立ち上る煙が、その本数を減らしていく。外もだいぶ暗くなった。村長の家、他の者よりも高いところに住まう少女は、その薄い煙を名残惜しそうに眺めている。

「ルリ」

部屋の入り口から父の声がした。ビクっと身体を震わせたルリは、慌ててそちらのほうに目を向ける。

「身体を起こしていたか。大丈夫か？　寝ていなくて」

「はい。今日は調子がいいのです。……村から戻られたのですね」

「ああ、どうやら本当にただの食事会らしい」

「当然です。コハクとクロムのすることですから」

「フン、あの跳ねっ返りどもが……。何をしでかすかわかったものではない」

コクヨウが吐き捨てるように言った。

「あの馬鹿騒ぎが収まるまで今日は寝ずの番だ。ここにはネズミ一匹入れんから、安心して眠るがいい」

父の声が遠ざかる。退出を見届けたルリは大きく息をつく。後ろ手には、彼女が必死で父から隠し通した一つの皿があった。

「……それにしても、この細長い袋は一体何なのでしょう」

皿の上にある茶色のソーセージ。見たことのない食べ物を前に、ルリは首をかしげた。


「じゃあ無事に届いたんだな!!」

クロムが吉報を確かめるように叫んだ。

「うん。もうダメかと思ったんだけど……」

「演奏まだー？」

スイカの口の動きが、ステージの前から飛んできた催促の声に遮られた。

「届いたならいいじゃねえか。さっさと始めようぜ」

千空が三人を急かす。太陽はもうほとんど落ちている。

「お、おぅ。そうだな。ってああ!!　まだバンド名決めてねえ！」

「まだ言ってるのか……」

コハクが呆れた声を出した。

「学校（ガッコー）にはクラブ活動というのがあるのだろう？　だったら『科学王国軽音楽部』とかでいいじゃないか」

「いや、もっとカッケーのじゃねえと……」

「わかったわかった。いいからさっさとしろ、『コショウ無しども（ノー・ペッパーズ）』。……ククク、どうだ？　この石の時代のバンドにふさわしい名前だろ」

　こだわるクロムを切って捨てて、千空Pが文字通りヒノキの板を貼ったひのき舞台へ三人を押し上げる。三七〇〇〇年ぶりにこの地球上に誕生したロックバンド『ノー・ペッパーズ』が、華々しいデビューライブを迎えようとしていた。


「何だこの音は」

　階段を降りたコクヨウが夜空に顔をしかめる。例のどんちゃん騒ぎの現場から、今まで聞いたことのない音が流れてきている。どうやら音楽のようだけど、村で歌われるどの歌とも違うものだ。

「フフフ、いつになく賑やかな夜になりそうだな。村長」

前からやってくる声にコクヨウは目を凝らした。暗がりの中から村一番の漁師がニヤニヤ顔で迫ってきている。

「礁か。二人きりのときは村長はよせ。……何か食っているのか？」

よく見ると、礁の口はもぐもぐと動いていた。

「何、迷い子を手助けした正統な報酬……いや、つまみ食いかな」

「つまみ食い？　お前がか？　珊瑚が怒るぞ」

「そうかもな。こんなウマいモノを独り占めにしたとあっちゃあ……」

一人クククと笑う礁を見て、コクヨウは怪訝（けげん）そうな顔をした。この男にしては珍しく、イタズラが楽しくて仕方がないといった表情をしている。

「……こんな時間に何の用だ？」

「湖を見に来たのだよ。明日の機嫌を占うためにな」

「どうだ？　明日も魚は獲れそうか？」

コクヨウの質問に、礁は湖を見もせずに答えた。

「大漁だよ、コクヨウ。この村の未来は、当分心配なさそうだ」

風は、クロムたちの演奏を届けるかのように、静かに湖を渡っていた。

「ヤベーノッてきたぜ!!　誰も俺を止めるなよ!!」

クロムが声を張り上げる。マイクもないこの世界では、ボーカルのノドも大変だろう。『返し』がない屋外ステージでは音響も心配だったけれど、全てが生音(アンプラグド)な原始の舞台ではさほど問題にもならなそうだ。

「オホー、主(ぬし)も疲れちゃった？」

歓声上がるステージから離れたところ、大地に腰を下ろしている千空のもとに、カセキがのっそりやってきた。

「ああ。準備が進むにつれて、どんどん注文が増えていきやがったからな」

「ワシとしては主がここまでクロムらに肩入れしたのが意外だったりして」

老人が探るような視線を向けてくる。千空は降参したように両手を上げた。

「硫酸採取……次のミッションはマジで命に関わる危険な作業だ。その前に多少いい思いをしたって、バチは当たらねえと思っただけさ」

「それは、自分も含めてかの？」

ハ、と千空は、カセキの言葉を一笑に付(ふ)した。

大盛り上がりの中、曲はいつの間にか『39』に移り変わっていた。

乾いた音を立てるクロムの弦に、スイカのオカリナが物悲しい音色を乗せる。コハクの

ドラムが力強い拍子を刻んでも、そのメロディが持つ寂寥は褪せることがなかった。
技量を反映してか、そのテンポはオリジナルよりも遅い。だけど練習の成果もあって、演奏はほとんど完璧に再現されている。そしてそれが完璧に近ければ近いほど、千空の頭は三七〇〇〇年前に巻き戻っていく。

曲が流れている間中、千空はずっとうつむきながらその奔流に身を任せていた。彼の頭を巡るモノが何を映しているのか、それは彼にしかわからない。じりじりと暗闇が迫るなかで、千空の意識は一人水中にいるようにたゆたっていた。

曲が終わった。拍手が遠くで起こる。早速次の曲、とはいかず、ボーカルのクロムは明後日の方向を向いて叫んだ。

「おい千空!!」

千空が、顔を上げた。

「何そんなとこで座ってんだ!!　こっち来いよ!」

千空は動かない。

「何だお前、やっぱり寂しいのか!?」

「違うっつってんだろ」

千空が小さくつぶやく。

「早く来いよ!!　『39』は終わったんだぜ。でもまだ次があんだよ!!」

クロムは観客の困惑なんてお構いなしに、千空を見つめながら、声をかけ続ける。

「おぅ!　俺はお前に比べりゃ頭は悪いけどよ、算術は得意なんだぜ!!　『39』の次は『40(フォーティ)』だ!!　覚えてるか!?　コハクの言った、村の力の数だよ!!　そんでその次は『41』!!　この足した『1』ってのは、お前のことだろうがよ!!」

観客たちの顔に大量の疑問符が浮かぶ。

もはやクロム自身も、自分が何を言っているのかわかっていないのかもしれなかった。ライブで得た熱量を、ただそのまま千空へとぶつけているだけかもしれなかった。それでも言えることは一つ、時計は進みはじめた。いや、ずっと進みつづけていたということ。

不可逆な時の流れに押されるように、千空が腰を上げた。それでも何かに躊躇(ちゅうちょ)するように立ち尽くす若者に、カセキは声をかけた。

「ほれ、早く行っちゃわんか。主賓(しゅひん)がおらんでは式も盛り上がらんよ」

「主賓?　おいおい爺さん。こりゃあ入学式だ。主役は生徒役のあいつらだぜ」

「ん?　これは主の入学(ニューガク)とやらを喜ぶ式じゃろ。ワシはそう聞いたけどのー」

音が、聞こえた。

違う。音はさっきからずっと聞こえつづけている。

「……あー、そういうことね」

千空は頭をかいた。つまりは、勘違いだ。

「俺のため、か。入学式をただの新人歓迎会くらいに思ってたんだな、あいつら」

千空は、自分の村での立場から、彼らが生徒役だと思っていた。入学式で歓待されるのは先生ではなく生徒で、だからこの入学式の名を冠する祭りが自分のためのものだとは、三七〇〇〇年前を生きた彼は夢にも思わなかった。

一方で三七〇〇〇年後を生きるクロムたちは、そんな細かいことなんて知ったことではなかった。彼らは学校と高校の違いを理解しなかったように、入学という概念も、入学式という実際も、よくわかっていなかった。生徒とか先生なんて関係なく、ただフワフワと、新入りを歓待する場くらいに思っていたんだろう。

それは三七〇〇〇年前の過去と三七〇〇〇年後の未来との間に起きた、いかんともしがたいすれ違い。ただ、なかなか悪くない勘違いだった。

千空はこの石の世界にガラスのフラスコを生み出した。カガクがフラスコで薬品を混ぜ合わせるものなら、この、過去と未来がすれ違いを孕みながら互いに交わりあう営みも、またカガクだろう。カガクはまさしく世界の全てだ。

千空の態度に業を煮やしたクロムが、次の曲を始めようとする。闇も、もう深い。客もバンドの姿を追うことが困難になっている。千空は時計のネジを巻くように、一歩足を進めた。

「ホホホ、ようやく行くのか」

「ああ、こうも暗くちゃ向こうに行かねえと何も見えないだろ」

クロムの声をたどるように、千空は音に向かって歩いていく。かつて礁にもらった言葉を思い出しながら。舞台に近づいてくる影を見てクロムが嬉しそうに叫ぶ。

「来たな千空!!　おっしゃいくぜテメーら!!　次の曲!!　『君は僕のベストフレンド』!!」

『光の届かない場所で耳を澄ます』。やっぱりあの言葉は年寄りの冷や水だった。だって耳をそばだてるまでもなく、声は聞こえてくる。タフで、押しつけがましく、力強い、この石の世界にふさわしい歌声。暗夜（あんや）に光るその呼び声は、三七〇〇年を超えて、千空をクロムたちのもとへと導いた。

……千空は、言うほどセンチメンタルな人間ではない。

哀愁や郷愁とは無縁でいられないかもしれないけれど、それに押しつぶされるような男

でもない。科学という武器を持つ彼は、暗闇で音を待つまでもなく、光そのものを作り出すことだってできるはずだ。

それはクロムにもわかっていたはずで、だったら彼があまで声を張り上げて歌ったのは、千空のためだけではない、もう少し大きな意味を持つのかもしれない。

たとえば、夜ごと胸の痛みと激しい咳に苦しむ少女がいたとして、無理やり眠りを破られたその目に映る、明かりのない世界はどんなに孤独だろう。自分の生が、親愛なる人たちに置き去りにされてしまうというたしかな恐怖を抱いている彼女にとって、誰もいない空っぽな部屋はどんなに心細かったろう。

「ごちそうさま」

とささやきにも満たない音量でルリは感謝の言葉を述べた。今まで食べたことのない美味しい食事に手を合わせ、この食に関わった者たち全てに頭を下げる。すでに夜はふけて、いつもなら深海にいるような息苦しい孤独を感じる時間帯だった。

（でも……）

ルリは耳を澄ませた。今日は違う。風に乗って、湖を越えてやってくる歌声。たしかなリズムと優しいメロディ。ちゃんと聞こえる。クロムが、歌っている。

あいつに届くように、とクロムは歌っていた。大きな声を出せば、遠くまで届く。いか

にもクロムらしい、根性論丸出しの、でも科学的には大正解のアプローチ。そしてその成果はきちんとルリの耳に届いていた。

コショウはなくても歌は歌える。誰かが口を開くだけで、孤独な心は癒やされる。羊の腸をかき鳴らすだけで、人は魂を沸き立たせる。考えてみると妙なことかもしれない。しかし科学者たる千空は言うだろう。人間だってタンパク質のカタマリなんだぜ、と。みんな、涙を流すタンパク質だ。

三七〇〇年の時を超えた水の星の歌。かすかな歌声を心に浸しながらルリは、明日この出処不明の食器をどう後始末しようか、そんな幸せな冒険に頭を悩ませていた。

JUMP j BOOKS

Dr.STONE

星の夢、地の歌

稲垣理一郎 ……………………………

原作担当。2002年から2009年まで「週刊少年ジャンプ」にて『アイシールド21』(漫画:村田雄介)を連載。2017年より同誌にて『Dr.STONE』を連載中。

Boichi ……………………………

作画担当。2006年から2016年まで「ヤングキング」にて連載の『サンケンロック』、2016年より「週刊ヤングマガジン」にて連載中の『ORIGIN』など。2017年より「週刊少年ジャンプ」にて『Dr.STONE』を連載中。

森本市夫 ……………………………

ジャンプ小説新人賞'17Spring小説テーマ部門金賞を受賞。

JUMP j BOOKS

■初出
Dr.STONE　星の夢、地の歌　書き下ろし

■参考文献
新冒険手帳【決定版】　かざまりんぺい著　主婦と生活社 2016
学研科学選書 宇宙へ行きたくて液体燃料ロケットをDIYしてみた 実録なつのロケット団
あさりよしとお著　学研プラス 2013

Dr.STONE
星の夢、地の歌

2019年2月9日　第1刷発行
2025年6月25日　第13刷発行

著　者
稲垣理一郎　Boichi　森本市夫

装　丁
原　武大（Freiheit）

校正・校閲
鷗来堂

担当編集
渡辺周平

編集人
千葉佳余

発行者
瓶子吉久

発行所
株式会社 集英社

〒101-8050 東京都千代田区一ツ橋2-5-10
TEL［編集部］03-3230-6297
［読者係］03-3230-6080
［販売部］03-3230-6393（書店専用）

印刷所
共同印刷株式会社

ホームページ http://j-books.shueusha.co.jp/

Printed in Japan　ISBN 978-4-08-703472-1 C0093
検印廃止

JUMP j BOOKS：http://j-books.shueisha.co.jp/

本書のご意見・ご感想はこちらまで！

http://j-books.shueisha.co.jp/enquete/